N&K

W0211160

1. Auflage 2020

© 2020 Margrit Schriber
© 2020 Nagel & Kimche
in der MG Medien Verlags GmbH, München
Satz: JournalMedia GmbH, Susanne Tauber
gesetzt aus der Sabon Next LT Pro
Umschlaggestaltung: JournalMedia GmbH, München
unter Verwendung eines Fotos von
© Ildiko Neer / Trevillion Images
Druck und Bindung: CPI Books GmbH

ISBN 978-3-312-01161-2
Printed in Germany

MIX
Papier aus verantwortungsvollen Quellen
FSC® C083411
FSC
www.fsc.org

Margrit Schriber

DIE VIELGELIEBTE MEINES MANNES

Roman

NAGEL & KIMCHE

... jeder einzelne
dieser nichtigen und wichtigen Tage
fügt sich zur
Blitzzeichnung unseres Erscheinens im All.

1

Ich habe es getan.
Ich habe die Waffe auf seine Frau gerichtet.
Und ein Mauerstück vom Balkon geschossen.
Ich werde es wieder tun.
Dann aber treffe ich.

Dies ist der Tagebuch-Eintrag von Kitty. Beim Verfassen zählte sie dreizehn Jahre. Ein Kind, mit der Absicht zu töten.

An diesem Nachmittag sang sie im Chor meines Mannes. Sie hatte die Waffe in der Umhängetasche.

Ich soll sterben. Ich stehe Kitty im Weg.

Sie hat ihre Sätze in einer so steilen und klaren Schrift abgefasst, als meißelte sie jedes einzelne Wort für die Ewigkeit in Stein.

Vor drei Monaten hatten Charly und ich geheiratet. Seither war ich bei den Chorproben mit dabei. Ich sass in einer unbeleuchteten Ecke der Empore und lauschte. Meine Anwesenheit gefiel keinem der Chormädchen. Am wenigsten Kitty.

Seine Frau nistet sich ein. Sie soll verschwinden!

»Warum tust du dir das an, Rosy?«, fragte mein Mann. »Das Warten in der modrigen Luft der Kirche, die unfreundlichen Mädchen, die schmale, harte, unbequeme Bank. Du hast doch ein so schönes Zuhause.«

Doch auf der Empore zu sitzen fand ich spannender, als im Büro Rechnungen zu tippen, in der Küche den Abwasch zu besorgen oder allein am Seeufer auf meinen Mann zu warten. Jede Minute ohne ihn war verlorene Zeit. Wenn er den Mädchen vorsang, überkam mich die unbändige Lust, seinen Kehlkopf zu berühren, um das Vibrieren seiner Stimme zu spüren. Wenn er lächelte, bildeten sich winzige Falten in den Augenwinkeln. Er wirkte dann weise und überlegen. Ich habe nie einen anziehenderen Mann gekannt. Ich mochte sein schmales Gesicht mit der Kerbe im Kinn, seine feingemeißelte Nase und den Silberschimmer der Härchen am Brauenansatz. Es gefiel mir, meinen Kopf in seiner Achselhöhle zu bergen. Charly war für die Momente meines Glücks geschaffen.

Er war ein begabter Orgelspieler. Die Chorschülerinnen waren lebhaft, zickig und hübsch. Da war immer etwas los. Sie sangen wie die Engel, aber brachten die Zähne nicht auseinander, um mich zu grüßen.

»Wer ist die da?«

»Seine Frau Rosy.«

»Was macht die da?«

Ich beharrte auf meinem Platz auf der Empore.

Ich stieg hinter Charly die gewundene Treppe hinauf wie eine an Fäden gelenkte Marionette.

Nach der Probe umringten die Mädchen ihren Chorleiter. Und ich lief zum See. Mich tröstete, dass er nun hinter mir herlaufen musste. Dort wartete ich, bis er auf mich zuflog. Er war ein schneller Läufer und leichter Tänzer. Ich nahm ihn als Südwind wahr, der kurz die Büsche am Wegrand aufwühlte und alles hochflattern ließ, den Schal, die Zotteln der Mokassins, die Paspeln des Klöppelmantels und die beiden Haarlocken über der Stirn.

Es dauerte, bis er kam. Bis er sich losreißen konnte. Bis ihm einfiel, dass Rosy am See auf ihn wartete.

Das Leben ist schwierig, fand ich. Aber was hatte ich erwartet? Den schönsten aller Sommer. Pirouetten auf Zehenspitzen. Unermüdlich blühende Blumen und immerwährendes Glück.

Heute weiß ich, dass das Leben uns Grenzen steckt, aber Möglichkeiten bietet. Kompliziert ist nur die Liebe.

Natürlich hätte jener Sommer anders verlaufen können. Besser für mich. Besser für Kitty. Doch er war, wie er sein musste.

2

Kitty ist in dem kleinen Dorf aufgewachsen, das am See als Ansammlung von Bauernhäusern am Fuß eines steil abfallenden Bergs zu sehen ist. Der Turm in der Mitte gehört zur St. Agathakirche. Dort wirkte mein Mann als Organist.

Die wenigen Einheimischen wohnen seit Generationen im Dorf. Es sind Handwerker, Arbeiter eines Steinbruchs, Gemüsegärtner und Kleintierzüchter. Die Mutter von Kitty verdiente den Lebensunterhalt in der Parfumfabrik im Industriegebiet außerhalb des Dorfs, wie die meisten berufstätigen Frauen. Wer sich ein besseres, leichteres und aufregenderes Leben wünschte, zog fort. Diejenigen, die geblieben sind, gaben sich mit dem wenigen zufrieden, das ihnen hier geboten wird.

Ein idyllischer Ort.

Ich fand, Charly verschwende da sein wunderbares Talent. Doch ihm gefiel das Dorf. Er war der erste ausgebildete Organist und genoss die Achtung der Bewohner. Zuvor wurde die Orgel von einem Dorfschullehrer betätigt, der ein bisschen Harmonium spielen konnte. Als dieser starb, verwaiste die Orgel. Es fand sich kein Lehrer, der neben dem Unterricht auch noch täglich die Frühmesse besuchte, um zu orgeln und gleichzeitig die Schüler zu beaufsichtigen. Das Dorf vermisste die Feierlichkeit eines orgelbegleiteten Hochamts. Darum schrieb der Pfarrer die Stelle eines Organisten aus.

Charly meldete sich. Als Musikstudent benötigte er eine Einnahmequelle fürs Studiengeld. Er hatte noch ein Zweifrankenstück im Geldbeutel. Das Vorstellungsgespräch glich einem Marschbefehl.

»Der Bursche soll antreten!«

Er musste vor den Kirchenrat.

Ihm gehörten Leute aus dem Dorf an, darunter die Bäckersfrau, der Besitzer einer Parfumfabrik, dessen Vorarbeiterin, der Dampfschiffwart und die Mutter von Kitty. Federführend war der Pfarrer. Alle saßen im Halbkreis auf Stühlen mit hohen Lehnen, drückten die Knie zusammen und verknoteten die Hände auf den Schenkeln. Man stellte dem Prüfling Fragen über die himmlische und irdische Gewalt. Wie ein Verbrecher sei er sich vorgekommen. Er habe seinen Lebenslauf heruntergebetet. Als die Räte den Anstellungsvertrag unterschreiben wollten, klopfte der Pfarrer seinen widerspenstigen Scheitel flach und verlangte:

»Der Bursche soll spielen!«

Der Sakristan entriegelte die Gittertür zur Empore. Der Pfarrer reinigte seine Brille mit einem großen weißen Taschentuch, zerrte wieder an seiner Kakadu-Mähne, lehnte sich dann mit dem Ellbogen an den Hochaltar und richtete die funkelnden Gläser der Hornbrille zur Empore.

Ein Klappern deutete aufs Hantieren an den Manualen hin. Charly mischte die Klangfarben der achtundzwanzig Pfeifen des Haupt- und Schwellwerks. Dann ließ er den

Orgelwind durch die Labial- und Lingualpfeifen rauschen. Ein Meister des Aerophons.

Er spielte Bach. Er beherrscht Bach.

Doch im Kirchenschiff schepperte eine Ratsche. Der Pfarrer schüttelte die Liedtafel. Kein Bach! Lied 142.

Die Pfeifen atmeten aus. Es entstand eine Pause.

»Ich habe begriffen, dass in dieser Gemeinde der Pfarrer bestimmt, was die Orgel von St. Agatha pfeift. Er wählt die Liednummer, die der Sakristan in den hölzernen Rahmen zu schieben hat. Diese Tafel wird auf einer Stange seitlich des Altars befestigt, damit der Organist auf seiner Empore die Ziffern lesen kann.«

Charly wurde gewählt.

Ein enger, kurvenreicher Felsenweg führt ins Dorf. Es gibt keine Ausweichstelle. Und so wird der Weg kaum je befahren. Gelegentlich donnert ein Stück Fels herunter, dann ist der Weg gesperrt. Doch es gibt eine Anlegestelle fürs Schiff. Diese verbindet den Ort mit der Stadt. Von dort führen viele Wege in die Welt.

Ich nahm das Schiff und ging als Einzige an Land. Ein kühler Tag. Am Steg hockten Möwen auf den Zinkkapseln der Pfosten, schauten mich mit einem Auge an. Als das Schiff fortstrudelte, vergruben sie den Schnabel im Gefieder, um weiterzudösen.

Ein Kiosk bei der Anlegestelle bot Zeitschriften, Souvenirs und Badekleider an. Im Café mit dem Namen ›Romantika‹ waren alle Tische leer. Die Dorfbäckerei führte auch Obst und Wurst und Zahnpasta. Hier konnten sich die Bewohner mit allem Notwendigen versorgen. Eine Schar Hühner flüchtete vor mir in einen Pflanzplatz. Auf einem Erdwall spielten Kinder mit Barbie-Puppen.

Charly erwartete mich in der Kirche.

Ich vernahm Orgelmusik. Vor dem Altar knieten zwei alte Frauen und brabbelten vor sich hin.

»Kein Mensch zieht freiwillig an diesen Ort!«, sagte ich.

Er ließ lachend die Orgel aufbrausen. Er nannte sie ›Cäcilie‹. Einige Fußleisten waren abgebrochen, und der Balg keuchte.

Der Rundgang durchs Dorf dauerte keine Viertelstunde. Am Ende des Wegs fiel eine Villa auf. Mit ihren Gewölbefenstern, dem buchsgesäumten Kiesweg, dem orientalischen Vogelkäfig und dem Bootssteg stach sie ab von den einfachen Bauernhäusern im Dorf. Vier wippende Rasensprenger befeuchteten den Rasen. Die Bewohnerin spazierte durch diese vier Schleier, drehte sich um und durchquerte die Sprinkler von der Gegenseite. Ich schauerte beim Anblick der triefenden Frau in der Kälte.

»Dies ist Madam!«, sagte Charly.

Ich fände ihr Verhalten ungewöhnlich.

Er stimmte zu. »Sie fällt aus dem Rahmen. Madam Benz ist die Attraktion des Dorfs. Sie geht ihre eigenen Wege, hat ihre eigene Religion, besitzt einen eigenen Bootssteg. Niemand weiß etwas über sie. Nur, dass sie allein in der Villa wohnt und nachts ihre großen Salonfenster im Licht erstrahlen. Sie kauft auch nicht im Dorf ein, sondern lässt sich die Ware auf dem Seeweg liefern. In einem rosaroten Amerikanerauto schaukelt sie manchmal über den Felsenweg. Sie kommt, sie geht. Kein Mensch weiß, wo und mit wem sie verkehrt. Immerhin hat sie ihre Villa in die Bucht dieses Dorfs hineingebaut. Mit ihrem vielen Geld hätte sie überall leben können. Seither wagt niemand mehr, den Ort Kaff zu nennen.«

Charly zog die Brauen hoch. Wie er es tut, wenn er einen sehr hohen, sehr weichen Ton sucht, um ihn mit der Orgel abzustimmen.

Ich spürte einen Stich. Ich war nicht das einzige bewunderte Wesen im Leben meines Geliebten.

Beim zweiten Besuch erwartete mich Charly vor der Kirche. Er trieb mich über die Wendeltreppe zur Empore und gab auf seiner Cäcilie ein Konzert.

»Für dich, Rosy!«

Seine schmalen Musikerhände überblätterten das Heft so sacht, als wäre die Notenschrift eine Kostbarkeit. Dann breitete er die Arme wie Flügel über die Manuale und trippelte mit den Mokassins über die Fußtasten. Sein Kettenarmband rutschte aufs Handgelenk, und die farbige Fensterrosette warf einen Regenbogen auf seine Arme. Die Musik huschte wie Licht und Schatten über sein Gesicht. Er war nicht mehr der Student mit abgetretenen Schuhsohlen, dessen Fahrkarte ich bezahlte. Er war ein Stoff aus Samt, der changierte, schillerte, gegen den Strich gebürstet und geglättet wurde.

Ich war verzaubert. Ein Kirchenkonzert – nur für mich.

Musik bedeute ihm alles.

»Alles?«

Er überhörte meine Frage. Doch er hat mir das Wunder erklärt. Mit sieben Grundtönen kann jede Melodie erzeugt werden, die verklungen ist oder erklingt oder irgendwann noch aufklingen wird. Dann hat er mein Gesicht in beide Hände genommen, als wäre auch dieses eine Komposition.

Abends zündete er Schwimmkerzen an und setzte sie aufs Wasser. Sie schaukelten glimmend in den See hinaus. Wir hielten uns umschlungen und sahen den Lichtern nach.

Und dann hat er den Satz gesagt, den ich nie vergesse.

»Für dich sammle ich das Glitzern der Sterne in ein Netz.«

Schön hat er das gesagt. Und am Wasser kniend getan, als würde er ein Netz voller Sterne für mich ausbreiten.

Ich kehrte zu meiner Arbeit in die Stadt am anderen Ufer des Sees zurück. Aber ich konnte vor Aufregung nicht schlafen, nicht essen, nicht arbeiten. Ich erinnerte mich an den Satz meiner Großmutter.

»Wenn dir das Wunder begegnet, Rosy, dann halte es fest.«

Als ich für immer zu Charly zog, lagen die schwierigsten Wochen als neuer Organist bereits hinter ihm.

Obwohl es ihm schwergefallen ist, hielt er sich eisern an die Liedtafel des Pfarrers. Alte Menschen krächzten den Text. Es wirkte, als brösele ein jeder sein eigenes Lied vor sich hin. Und die Schüler sangen ein einziges Lied: ›Lueged vo Bärge und Tal‹.

»Du warst nicht da. Und ich verlor fast den Verstand.«

Er musste an sich halten, um keine Fußpedale auszubrechen und ins Kirchenschiff zu schmettern. Er habe nach einer Lösung gesucht. An einem Wochenende fand er Gelegenheit zum Gespräch mit dem Pfarrer. Dieser wusch seinen VW-Käfer, und Charly bewunderte das

Fahrzeug. Es musste sauber sein für den Fall, dass er mit dem Sakrament der Ölung zu einem Sterbenden in eine abgelegene Gegend gerufen wird oder der Ehrwürdige Bischof einen Fahrer benötigt. Diese Pfarrei war weit herum die einzige mit einem fahrtüchtigen Geistlichen. Und Charly bestätigte:

»Ein fortschrittliches Dorf. Nur schon die Wahl der Kirchenorgel. Ihr Erbauer Frei aus Luzern gilt als stiller Tüftler und talentierter Einzelkämpfer mit einem perfekten Gehör. Leider aber verschleißt sich dieses Wunderwerk von einer Orgel an den immergleichen Liedern. Jammerschade! Man müsste das Instrument in seiner ganzen Klangfülle zur Geltung bringen, Herr Pfarrer! Man müsste die Orgel stimmen und einige Pfeifen reparieren, um ihre Spannweite bis zum furiosen Tutti auskosten zu können.«

Er hob den Saum des bodenlangen Schals vor seine Augen und ließ dem Pfarrer Zeit zum Nachdenken. Als ihm schien, er habe lang genug an den Fransen gezupft, kam er auf sein Anliegen zu sprechen.

»In diesem Dorf müsste es doch schöne Stimmen geben. Rein und klar und zum Singen geschaffen. Diese Gottesgeschenke liegen brach, Herr Pfarrer. Sie müssten einen Chor gründen, wie man es in den Städten tut, um die Kirchen zu füllen. Diese Pfarrei könnte berühmt für ihre schönen Stimmen werden.«

Er schleuderte das Ende des Schals über die Schulter zurück und tänzelte fort. Der Schwamm sei dem Pfarrer aus der Hand gefallen. Mit beschlagener Hornbrille und verspritzter Soutane sei er wie angewurzelt vor seinem VW-Käfer gestanden und habe die Hand gegen den dicken Strang der pochenden Halsschlagader gedrückt.

Der Kirchenrat gewährte einen Kredit.

Charly stellte Chorregeln auf. Das Alter der aufnahmefähigen Mädchen setzte er auf dreizehn Jahre. Sie mussten über eine reine, sichere Stimme verfügen und etwas Musikgefühl. Buben schloss er aus, trotz des metallischen Timbres der Knabenstimmen. Kaum eingesungen, bekommen sie den Stimmbruch. Dann ist alle Mühe umsonst. Der Pfarrer habe diesen Entschluss bedauert. Aber er ließ seinen Organisten gewähren.

Zweimal in der Woche machte Charly seine Schülerinnen mit Notenschrift, Violinschlüssel, Takten und Trillern vertraut. Beim Vorsingen bog er die Brauen zu Bogen. Seine Kopfstimme ließ sie erschauern. Bald hatte jedes der acht Chormädchen auf der Empore einen festen Platz.

Die Revision der Orgel wurde vorgenommen.

Am Ostersonntag konnte Charly in sein Instrument kriechen. Die Kirche war voll. Die Orgel erklang zart, schwoll an und rauschte dann in einer Klangfülle auf, die kein Dorfbewohner dem alten Kasten zugetraut hatte. Mit Händen und Füßen trieb der Organist die Luft durch die Bälge der Pfeifen. Die hohen und feinen Rohre hauchten ihre Töne aus, die tiefen Bässe der mächtigen Pfeifen knurrten und die mittleren begannen ihre Präludien. Charly tanzte in seinen Mokassins über die Pedale seiner Cäcilie und die Zotteln seiner Schärpe verwarfen dazu ihre farbigen Perlen.

Und plötzlich gellten die Chormädchen auf.

Kerzengerade standen sie auf der Empore, die Hände an den Schenkeln, die zarten Brüste vorgereckt, vier rechts der Orgel, vier auf der linken Seite. Die seidene Zugluft des Orgelbalgs wehte in die Kuhle ihres Nackens. Und die Härchen an ihren Armen stellten sich auf.

An diesem Sonntag hat der Pfarrer seinen Organisten ›Mein Sohn‹ genannt. Die Liedtafel verschwand.

3

Als ich Kitty zum ersten Mal begegnete, nannte man sie ›Mäuschen‹, wohl weil das Mädchen beinah unsichtbar war und am äußersten Rand der Bank klebte. Obwohl es eine gute, vielleicht sogar die beste Stimme besaß, drängte sich Mäuschen nie vor, spielte sich nicht auf, lenkte die Aufmerksamkeit des Organisten nicht auf sich und interessierte sich auch nicht für die Schminkutensilien, die im Chor gewöhnlich herumgeboten werden. Während andere sich die Lider himmelblau und türkisgrün wie die Augenschalen von Affen puderten, schlenkerte es im Hintergrund seine dünnen Beine und schaute durch die Strähnen seiner Fotzelfranse.

Alle mochten Mäuschen. Es war glücklich, dass es zu den Chormädchen zählte.

»Meine Chorblumen.«

Charly benennt, was er liebt.

Seine Chorblumen. Seine Cäcilie. Seine Madam. Seine Rosy.

Ich war gerührt, mit welcher Begeisterung Charly sich die Welt zu eigen macht. Und wie viel Zeit er der musikalischen Ausbildung dieser Dorfkinder widmete. Ungeachtet seines dichten Stundenplans an der Musikschule oder des Meisterwerks, das er eigentlich komponieren wollte.

»Ich öffne diesen Kindern eine Dimension, zu der sie bis dahin keinen Zugang hatten. Von der sie nur träumten.«

Im Sommer kommen Touristen ins Dorf. Sie steigen aus dem Vormittags-Schiff, besuchen das Café ›Romantika‹, kaufen Souvenirs am Kiosk und machen eine Fußwanderung zur Zahnradbahn, die zum Hotel auf der Bergspitze führt. Mit dem Nachmittagsschiff verlassen sie den Ort. Wenn der Schiffswart den Holzsteg mit seinem Haken über die Schwelle ratscht, sind die Dorfbewohner unter sich.

An lauen Abenden zog es Charly und mich ans Wasser. Wir beobachteten das Atmen des Sees, lauschten dem Geplätscher an den Ufersteinen und vernahmen von den offenen Fenstern die Stimmen der Bewohner.

Solch leise und innige Geräusche erinnern an Gebete.

»Erklär mir die Liebe!«

»Wie könnte ich das? Wenn du weggehst, sterbe ich. Wenn du auf mich zukommst, zittere ich aus Freude.«

Wenn wir Glück hatten, ließ Madam abends ihre Tauben ein paar Runden fliegen. An ihren Klauen waren winzige Flöten in unterschiedlichen Tonarten befestigt. Beim Fliegen erzeugte der Luftzug im Gebläse ein wundersames Flötenkonzert.

Wir hörten die seltsame Musik der kreisenden Tauben, bis Madam sie zum orientalischen Kuppelkäfig zurücklockte. Sie warf Körner in die Luft und drehte sich im

Wirbel ihrer kreischenden flatternden Tauben. Die Tauben trippelten übers Gestänge und sträubten die gelockten Schwanzfedern, als streife eine unsichtbare Hand über ihre Federn. Ruhe kehrte ein.

Die Marotten von Madam waren *das* Dorfgespräch. Die Exzentrikerin imponierte den Einwohnern.

Das Mäuschen lag ihr zu Füßen. In jeder freien Minute legte es seine Tätzchen um die Stäbe von Madams Gittertor und starrte mit traurigen Augen stundenlang durch die Fotzelfranse zum Flügel. Es wünschte sich, ebenso göttlich Klavier spielen zu können.

Schon früh brannte Licht in allen Zimmern. Das Haus war zu einer Art Hollywoodvilla mit Spiegeln, Lüstern, Marmor und Amphoren hergerichtet.

»Die Frau hat Geschmack«, meinte Charly.

Als Künstler hat er Sinn für Schönheit. Er bewundert Leute, die etwas in Szene setzen und damit Aufmerksamkeit erreichen.

»Die Frau hat Talent für große Auftritte.«

Sie trug gerne Abendkleider und bewegte sich wie eine Leinwanddiva durch ihre Lichtkapsel. Immer stand ein gewaltiger Blumenstrauß auf einem winzigen Marmortisch. Sie raffte ihr Kleid um die Knie, um sich vor den Flügel zu setzen. Die Seide umspannte das Gesäß auf der Lederbank wie zwei Blütenblätter und sank lose auf ihre Füße. Sie spielte mit weit ausholenden weichen Bewegungen, und ihre Locken schlenkerten dazu über die Breite der Klaviatur.

»Sie weiß, dass du zuschaust, Charly.«

Er blickte zum See.

Madam war schön, wenn sie spielte. Sicher wünschte er sich, an ihrer Seite sitzend, vierhändig auf dem Steinway zu musizieren. Mein attraktiver Geliebter hätte gut auf den ledernen und mit Knöpfen gepufften Klavierhocker gepasst. Seine Musik hätte dem Salon eine professionelle Klangnote verliehen.

Er sagte: »Sie liebt Brahms.«

»Die Frau würde auch Bach lieben, wenn du auf ihrem Steinway spielen dürftest. Ich liebe ja auch alle Musikstücke, die deine perlenden Spinnenfinger der Orgel entlocken. Sogar unser Pfarrer ist jetzt ein Liebhaber von Bach, weil du neben der Schwermut auch die Leichtigkeit aus der Komposition herausholen kannst.«

4

Wir feierten in der Kirche St. Agatha unsere Hochzeit. Das erste Paar, das mit Chorbegleitung getraut worden ist.

Seine Sängerinnen hatten für ein paar Wochen ein Thema:

»Das Weibsstück!«

»Die verdammte Rosy!«

Ihren Chorleiter stellten sie sich als beeindruckenden Bräutigam vor, imposanter als der Schah von Persien. Die Hochzeit bedeutete eine Aufregung für alle, denn sie mussten zum ersten Mal ohne Orgelbegleitung singen.

Seine Truppe rebelliere, gestand Charly.

»Sie wollen partout nicht für die Frau singen, die mich ihnen wegnimmt.«

Er schob mich an den Schultern vor sich hin, forschte nach einem Zeichen von Eifersucht und kräuselte beim Lächeln die Nase. Natürlich habe er ein Machtwort gesprochen.

»So geht das nicht, meine Damen!«

Natürlich hat er alle Register gezogen. Wippte auf den Absätzen, flatterte seufzend mit seinen Geparden-Wimpern und gestand seiner Truppe, es sei ihm ohne ihren Feengesang unvorstellbar, den Bund der Ehe einzugehen.

Der Anblick seiner Mädchen in Festkleidchen würde ihm den wichtigen Schritt erleichtern. Sie wären das i-Tüpfelchen zu seinem Glück. Der Schmuck der St. Agatha. Seine kleinen Königinnen. Und so weiter. Er griff tief in die Trickkiste. Zu guter Letzt schleuderte er den Taktstock bis fast zum Deckengemälde, hüpfte eine halbe Drehung und fing ihn hinter seinem Rücken auf.

Ein Zauberer.

Die Chorblumen kicherten in die kleinen Fäuste, schmollten noch eine Weile, wiegten sich in den Schultern.

»Aber dann haben sie eingelenkt, meine süße Rosy.«

Die Hochzeit fand zu Beginn des Sommers statt. Ich hatte die Erwartungen einer Braut. Sie waren grenzenlos und umspannten mein ganzes Leben.

Doch was verstand ich denn zu dieser Zeit unter den ›guten‹ und ›schlechten Tagen‹? Wie stellte ich mir das ›Miteinander-durch-Dick-und-Dünn‹ vor? Ein ›Das ganze Leben‹ umfassendes Gelöbnis konnte doch nur ein filziges Knäuel ohne Anfang und Ende bedeuten.

»Meine Mädchen sind aufgeregt«, gestand Charly.

Wochenlang übte er mit dem Chor die Lieder für die Hochzeit ein. Den Taktstock überreichte er einem talentierten Mädchen, das sich Lolo nannte. Der Pfarrer ließ in den Feldern Margeriten pflücken und zu Sträußen binden.

Bei unserem Einzug in die Kirche hingen alle über die Balustrade. Als das Glockengeläut ausklang, wurde es in den Bankreihen still. Auf der Empore klöppelte Lolos Taktstock gegen den Notenständer.

Wir warteten. Doch es blieb still. Die Gäste begannen zu hüsteln, scharren, schneuzen und sich nach der Empore umzudrehen. Dort erstickten die Chormädchen beinah vor Gelächter.

Mich packte der Impuls, ins Freie hinauszustürzen. Eine Träne fiel auf meine Hand. Der Ring war noch ohne Kratzer. Blankes Gold.

Da erhob sich mein Bräutigam, machte vor dem Gebetsstuhl eine halbe Drehung, lüftete den Bogart-Hut zur Empore und kniete sich wieder neben mich. Auf der Empore huschten sechzehn Füße in Chor-Position. Das ›Ave-Maria‹ klang an. Seine Mädchen! Sie sangen wie die Engel.

Es gibt Fotos von meinem großen Tag!

Siebzig Meter plissierter Tüll umhüllen mich wie einen Kokon. Mit der dünnen Taille und dem gebauschten Kleid bin ich ein Verschnitt von Sissy und Kaffeewärmer. Das Haar bauscht sich aus dem Blütenreif, an dem der Schleier festgemacht ist. Kringel kleben an den Schläfen. Die Augen sind leuchtende Tollkirschen. Eine junge Braut knickt die Satin-Fingerspitzen über die gepolsterten Schultern ihres jungen Bräutigams und hebt ihm den Mund entgegen. Festgehalten für immer.

Und die Chormädchen im Satinkleid. Alle tragen eine weiße Chrysantheme auf der linken Schulter. Der Bräutigam in gestreifter Hose und schwarzer Jacke wie der Dirigent eines Symphonieorchesters. Nur auf den Cut hat er verzichtet. Dafür sitzt der Bogart-Hut nach Casablanca-Manier schief auf seinem Kopf. Und im Revers steckt die größte aller Chrysanthemen.

Die Blüten seien seine Idee gewesen. Ein Zeichen der Zugehörigkeit. Ein Chor. Eine Musik. Ein Klang. Und acht Bräute.

Auf dem Foto stellt er einen Hochglanzschuh auf die oberste Stufe der Kirchentreppe und umspannt mit zwei Händen meine Taille. Die Chormädchen über, neben und vor uns, füllen jede Lücke des Bilds. Dieses trägt auf der Rückseite Charlys Schriftzug: ›Der Chor von St. Agatha, der frischvermählte Organist, seine Frau Rosy‹.

Nach der Trauung habe ich mit beiden Händen den Schleier zurückgeschlagen und zu lächeln versucht. Doch meine Mundwinkel zitterten. Die Chormädchen huschten vor der Kirche in Spalier-Position. Sie warfen gelbe Seidenbänder in die Luft. Rieselnd schlängelten sich diese um den Bräutigam. Eines der Mädchen riss sich noch auf der Treppe die Chrysantheme vom Träger. Ich glaube, es war das Mäuschen.

Ich war froh, als die Mütter, Tanten, Freundinnen in wehenden Mäntelchen mit vorgeknickten Händen und wankenden Wagenrädern auf dem Kopf, über die Stufen der Kirchentreppe auf uns zueilten. Nach dem Gruppenbild klappten sie den Bügelverschluss ihrer Handtasche auf, grapschten im Inneren und warfen eine Handvoll Bonbons in die Menge der jubelnden Kinder. Danach strudelte unsere Gesellschaft, Kusshände zum Ufer schickend, in einem eleganten Bogen mit Motorboot zum Essen.

Unter den Augen der Dorfkinder wurde mein Teakmobiliar aus dem Möbelwagen geladen.

Es war erregend, die Bücher ins Regal zu stellen. Die Vorhänge waren noch steif von der Appretur im Gewebe. Ich spazierte durch mein kleines Reich und schaute mir die neue Ausstattung an. Meine Mokkatassen, die eigentlich schwarze Röhren waren und den Designerpreis des Jahres gewonnen hatten. Die elektrische Nähmaschine in ihrem tragbaren Koffer. Sie war rosarot, Vorbote einer neuen Zeit. Frauen bekamen Gewicht und Stimme. Sie galten als ernstzunehmende Konsumentinnen. Man wollte Farbe und Freude ins Leben der Hausfrau bringen.

Hinter den Häusern steigt ein Fels an, zu steil, um hinaufzuklettern. Sein Bewuchs von Büschen und hageren Bäumen ist immer von Vögeln bewohnt. Ihr Gezwitscher gehörte nun zu meiner nagelneuen Umgebung. Die Bucht mit dem Privatsteg zur Villa konnten wir vom Balkon unseres Wohnblocks nicht sehen. Sie liegt hinter einem Felsen. Aber vor mir lag der See mit seinem Farbwechsel, seiner Unergründlichkeit und seinen Launen. Einmal glatt wie ein Spiegel. Einmal aufgewühlt, schäumend und gefährlich.

Es war ein sehr kleiner Balkon, nicht größer als ein ausgebreitetes Badetuch. Aber ich saß dort so oft wie möglich. Das Kreuzen bunter Bootssegel nahm meinen Blick gefangen. Auch die im Wasser glitzernde Mondbahn hat mich beeindruckt. In eine Decke gehüllt, kauerte ich halbe Nächte draußen, während mein Charly schlief.

Es war ein unbeschreibliches Gefühl, in meinem Haushalt schalten und walten zu können. Als frisch aus dem Elternhaus Ausgezogene genoss ich meine grenzenlose Freiheit. Natürlich war klar, dass ich mir nicht einfach das

Seewasser durch die Zehen rieseln lassen konnte. Miete, Haushalts- und Ausbildungskosten überstiegen bei weitem den Organisten-Lohn. Ich musste mir eine Arbeit suchen.

Diese fand ich in der Parfumfabrik. Dort wurde die Stelle einer Sekretärin frei.

Wie andere Frauen des Orts, marschierte ich nun jeden Morgen auf dem Schilfweg zum Industriegebiet. Einige Fabrikgebäude breiten sich dort aus. Ich nahm den Fußweg vom See durchs Ried. Zwischen den Hallen herrschte Werkverkehr. Lieferwagen brachten die Güter in den Handel.

Eigentlich war ich die Frau für alles. Zuständig fürs Lohnwesen, Reklamationen, Fakturen, Bestellungen, Fax und Telefonverkehr. Französisch, Englisch, Deutsch, schriftlich und mündlich. Einmal in der Woche hatte ich ein Protokoll über unseren Geschäftsgang in französischer Sprache fürs Mutterhaus zu verfassen. Von einer bilanzsicheren Buchhalterin wurde außerdem erwartet, dass sie zwischen einer Schwestergesellschaft, einer Obergesellschaft und einer Holding zu lavieren versteht.

Mehrere Stunden am Tag bediente ich die Buchungsmaschine. Sie nahm ein Viertel des Platzes im Büro ein und war unverrückbar mit ihrem Gestänge am Boden verschraubt. Wenn ich auf die Bank dieser Maschine kletterte, um einen Papierbogen in die stählerne Walze zu spannen, dachte ich an die Orgel von St. Agatha und an meinen Charly.

Was für ein Unterschied!

Er setzt seine wunderbare Gabe ein, um herrliche Musik zu erzeugen. Während ich nur Misstöne hervorbrachte. Die Maschine wummerte, rumpelte und schepperte. Ich tanzte auch nicht mit Mokassins auf Klangpedalen, sondern verhakte meine Füße im Gestänge, damit ich bei diesem Erdbeben nicht von der Bank fallen konnte. Im Büro herrschte ohrenbetäubender Krach. Nicht einmal der Besitzer besuchte mich, wenn ich buchte.

Die Parfumfabrik war im Grunde nur ein Abfüllbetrieb. Das Rohprodukt wurde aus dem Ausland angeliefert, hier abgepackt und in den Handel gebracht.

Zweimal am Tag brachte ich ein Bündel Lieferscheine in die Versandhalle. Ein Dutzend Frauen arbeitete dort am langen Packtisch Hand in Hand. Sie hatten Mehlwimpern und trugen verstaubte Kopftücher. Ihre Kittelschürzen wölkten auf, wenn sie dagegenklopften. Alle waren vom Jasminduft unserer Seifen getränkt.

Die Mutter von Kitty hatte buntgemusterte Geschenkschachteln vor sich, drückte Seifenstücke ins Seidenbett und band das Seidenband zu einer duftigen Schlaufe. Die Mutter von Lolo schweißte das Paket in Zellophan.

Das Geraschel löste im Raum eine feierliche Stimmung aus.

Die Frauen plauderten leise.

Meine Lieferscheine musste ich der Vorarbeiterin Irene übergeben. Seit ihrem fünfzehnten Lebensjahr arbeitete sie in der Parfumfabrik. Sie war um die dreißig und noch ledig. Ihren Namen kannte ich von Charly, denn sie gehörte zum Kirchenrat. Genauso wie die Mutter von Kitty. Beide Frauen seien vom Fabrikbesitzer hineinberufen worden. Er war der Präsident des Rats. Irene hatte auch in der Parfumfabrik etwas zu sagen.

Sie gab meinem Lieferscheinbündel mit dem Handrücken eine Watsche nach vorn und nach hinten und bleckte die Schneidezähne, als sei das große Volumen eine Schikane des Büros. Mit scharfem Ton kommandierte sie zwei Frauen zu den Hochgestellen.

Ich musste warten und zusehen, wie die zarten Persönchen meinetwegen litten. Diese Hochgestelle reichten bis zur Hallendecke und die abkommandierten Arbeiterinnen trippelten ameisenklein zwischen den mächtigen Puderabfüllzylindern und den Hundertliter-Korbgebinden umher. Die Gefäße konnten nur zu zweit gerollt, geschwenkt und entleert werden. Unter Geächze füllten sie Talgpuder, Duftwasser und Seifenstücke in kleinere Behälter.

Ein Lagerist teilte die Tagesarbeiten zu.

Die Fabrik vergab auch Heimarbeit. Diese war begehrt. Unsere Arbeiterinnen stritten um den Nebenverdienst. Am Feierabend balgten sie am Ausgabeschalter ums Rohmaterial, damit sie zu Hause Musterseifen und Parfumampullen abpacken konnten. Einige der Frauen waren verwitwet, manche alleinerziehend. Jede von ihnen war auf den zusätzlichen Verdienst für Heimarbeit angewiesen. Die Fabrik bezahlte den Mindestlohn.

Wenn der Lagerist nicht in seiner gläsernen Zelle Aufsicht hielt, manövrierte er einen sirrenden Karren durch die Hochgestelle und führte die Lagerbestandsliste nach. Er waltete auch als Lastautofahrer, lieferte Ware aus oder holte Gebinde von der Bahn. In diesem Betrieb sprang man ein, wo Hilfe benötigt wurde.

Der Besitzer spazierte einmal am Tag im Stadtanzug durch die Räume und grüßte uns alle beim Namen.

Sie würden für ihren Chef durchs Feuer gehen, behaupteten die Frauen.

Ich sah in diesem Dorf nie eine Bleibe. Nur eine Zwischenstation. Ich dachte, es hat meinen Mann und mich hierhergespült, heute sind wir hier, morgen sind wir anderswo. Die Welt steht uns offen.

Nach Abschluss von Charlys Studiums wollten wir an einen größeren Ort ziehen. Mit seinem Organisten-Diplom könnte er dem Ruf an einen Dom folgen. Und nach der Veröffentlichung seiner Meisterkomposition hätten wir die Qual der Wahl.

Auf unserem winzigen Balkon setzten wir mit der Fingerspitze neue Fixsterne an den Himmel. Manchmal schien uns, die riesige Kuppel fülle sich mit einem hundertstimmigen Chor. Umschlungen lauschten wir in die Weite des Alls, wo irgendwo in der Tiefe die ersten Takte von Charlys Komposition erwachten.

5

An den Sonntagen zelebrierte der Pfarrer sein Hochamt.

Mein Mann orgelte wie ein Gott.

Seine Chormädchen sangen wie die Engel.

Und ich zitterte vor Ergriffenheit wie ein Hund.

Nur zu Chorproben war mir erlaubt, auf die Empore zu steigen. Dies geschah selten genug, denn tagsüber arbeitete ich in der Fabrik. Abendliche Proben waren die Ausnahme, denn die Sängerinnen waren ja noch Kinder.

Meine Besuche waren meinem Mann zwar unangenehm. Er erlaubte nicht einmal dem Pfarrer die Teilnahme.

Ich bestand aber darauf. Um nicht zu stören, trippelte ich auf Zehenspitzen die gewundene Treppe hinauf und drückte mich in den Schatten des Gebläses. Mir war es wichtig, den geliebtesten Menschen in der Phase seines Schaffens zu erleben. Wie er dabei aufgeht, wächst und mit seinem Feuer andere mitreißt. Diese Entfaltung entzückte mich. Ich fiel vor Bewunderung auf die Knie.

Im Halbkreis umstanden ihn seine acht Mädchen. Mit spitzbübischem Lächeln griff er zum Stab, ließ ihn ans Holz des Notenständers trällern, zog ihn durch die Hand, und dann schaute er von seinem Schemel herab den Mädchen in die Augen. Jede einzelne Chorblume fasste er in den Blick. Bei jeder suchte er den Zugang zum Inneren, um die schlummernde Melodie zu wecken.

Ich wagte kaum zu atmen.

Die Mädchen spannten ihren Körper wie Federn. Bei Gott!, er verstand es, sie zu bannen. Wenn sie ihre weichen Lippen öffneten, um zu singen, veränderte sich Charly. Ein Ausdruck von Innigkeit und Glück erfasste seine Züge. Er schloss die Augen, und sein Gesicht wurde samten. Er war ganz bei sich.

Ich habe mich gefragt, ob auch ich in ihm dieses Empfinden auslöse. Wenigstens in unseren intimsten Augenblicken? Für eine Sekunde oder zwei? Ich nahm mir vor, meinem Mann bei der nächsten Umarmung ins Gesicht zu sehen.

Einkäufe machte ich wie die anderen Frauen im Dorfladen der Bäckerei. Sie ist der Mittelpunkt des Dorfs. Man erfährt dort Neuigkeiten. Ich mochte die Bäckersfrau. Trotz ihrer Arbeit fand sie noch Zeit, um auf die spielenden Kinder, die Ankunft der Schiffe und Touristen zu achten. Das Geplätscher des aufgewühlten Sees nannte sie ›Der Atem von Gott‹. Immer wenn ich einkaufte, rühmte sie das Orgelkonzert des letzten Sonntags. Es habe den Kirchgängern gefallen. Und jedes Mal sprach sie den für mich bedeutungsvollsten Satz der Woche aus:

»Es war wieder wunderwunderbar.«

Sie schloss eine Weile die Augen und riss sie wieder auf.

Nur Madam Benz habe ich nie im Laden getroffen. Sie besuchte nicht einmal das Hochamt. Warum die einzige musikalisch gebildete Person kein Orgelkonzert in der St. Agatha besuchte, war mir ein Rätsel.

Mein Lohn reichte fürs Notwendigste in unserem Haushalt. Es störte mich nicht. Ich hatte nie große Ansprüche und versuchte immer, von meinem kleinen Lohn noch etwas zur Seite zu legen. Meine Kleider nähte ich selbst. Ich ging nie zum Coiffeur und schnitt auch das Haar von Charly. Ich bügelte Plisseefalten in seine gestärkte Hemdbrust, dass man meinte, das Smokinghemd käme frisch aus der Wäscherei.

Charly ist ein Ästhet. Unsere Kleider sollten ohne Flecken und Fusseln sein. Er achtete auf einen schönen Gang und verabscheute es, wenn ich beim Einwickeln der Haare meine Stirne runzelte.

Den täglichen Fußmarsch zur Fabrik schaffte ich mit Leichtigkeit.

Ich klebte Rabattmarken in ein Heft, und das Kleingeld warf ich in eine Sparbüchse. Charly benötigte ein Fahrrad. Ein alter VW hätte ihm natürlich noch besser gedient. Er wollte unabhängig vom Kursschiff sein. Außenverbindung war für ihn wichtig. Die Musikhochschule, die Bibliothek und die Musikaliengeschäfte waren in der Stadt. Nach einem Konzert oder einer Oper war es zu spät. Danach fuhr kein Schiff mehr zu unserem abgelegenen Ort. Und selbstverständlich durfte er auch nicht hoffen, dass Madam um Mitternacht noch ihren Amerikaner an der Nagelfluh vorbeizwängte, um ihn mitzunehmen. Sie hätte dies sicher gern getan, wenn ihr in diesem Dorf jemand zugetragen hätte, dass es jetzt hier einen Künstler gibt.

Charly hasste meine Markenkleberei. Er hasste auch meine Sparerei. An meinem Ohr schüttelte er die blecherne Büchse wie unser Sakristan den Klingelbeutel. Am

Wochenende klang sie so leer wie am Wochenanfang.

»Ich könnte eine Bank überfallen. Ich könnte den Tresor der Benz plündern.«

»Du kommst auf Ideen«, antwortete Charly.

Auf der Empore durfte Lolo unmittelbar an seiner Seite stehen und beim Spielen das Notenblatt wenden. Das Mädchen richtete die Madonnenaugen jedoch mehr auf Charlys Ohrläppchen als aufs Heft, denn es wusste selten, welchen Satz die Orgel spielt. Er musste ihm den Ellbogen in den Brustkorb stoßen, damit es sich zum Blättern rechtzeitig über seine Schulter bog.

Er habe den Chormädchen das Wunder der menschlichen Stimme erklärt. Sie ist das vollkommenste Musikinstrument. Durch Gesangstraining könne man die Muskeln stärken. Seine Übungen setzen die Zwerchfell-, Stimmband- und Lungenmuskeln in Bewegung.

Selbstverständlich begleitete er die Mädchen bei ihrer gesanglichen Ausdrucksfähigkeit. Er ertastete die Fortschritte indem er der Sängerin die Hand auf den Brustkorb legte. Er nahm sie sich der Reihe nach vor. Die letzte zwirbelte mit den Armen wie ein flugunfähiger Vogel. Als er die Hand ausstreckte, gab es in Mäuschens steinernem Gesicht einen kleinen blassen Wimpernschlag. Danach brachte es keinen Ton mehr heraus, es starrte nur auf die Noten.

Er kündete eine Unterredung an und schickte alle fort.

Nur Mäuschen sollte bleiben. Doch als alle über die Treppe gepoltert und schreiend ins Freie gestürmt waren, stand auch Mäuschen nicht mehr neben der Orgel. Er suchte es und entdeckte dieses hoch oben auf dem Pfeifenwall. Es war nur mit Mühe von seinem Fluchtort herabzulocken. Danach habe er ein gutes Gespräch gehabt, erzählte mir Charly.

»Du widmest dem Kind viel Zeit.«

»Kitty ist kein Kind. Sondern eine ernstzunehmende Singstimme. Ihr Timbre fällt auf.«

Mit der Zeit kannte ich alle Chormädchen. Sie nannten sich Gipsy, Gitta, Lola, Nina, Sonja, Marina, Coco, Kitty. Jedes war nach dem Namen einer christlichen Heiligen getauft worden. Aber bei Eintritt in den Chor fanden sie diesen zu bieder. Sie wollten keine Maria, Theresa oder Elisabeth sein und gaben sich den Namen eines Starlets, einer Nackttänzerin oder eines Papageis.

Im Dorf hörte man sie singen. An der Schifflände, auf dem Felsvorsprung bei der Bucht und auf der Friedhofmauer, überall tauchten sie mit ihren Barbie-Puppen auf, breiteten Kleidchen aus, drehten das Kunsthaar auf winzige Lockenwickler und sangen dazu das Gloria, das Kyrie und alle Schlager des Jahres.

Höhepunkt der Woche war jener Tag, an dem die BRAVO erschien. Die Chormädchen trafen sich nach der Probe am Kiosk. Der Uferstreifen ist zu schmal für einen Dorfplatz. Ausgeschlossen, dass jemals ein Zirkus sein Zelt hier aufrichten würde, oder eine von Spiegellichtern beschneite Berg- und Talbahn durch eine Pappkulisse kreist. Es gibt nicht einmal ein Kino. Nur den Plakataushang von einem Kino.

»Ein Teeny versauert hier.« Dies, die Aussage von Lolo. Langeweile machte die Mädchen verdrossen. Sie spiegelten sich in allen Pfützen und Fenstern. Wenn ein Dampfer zum Steg strudelte, warfen sie ihre Barbie in eine Ecke und rannten zur Lände. Dann zauste der Wind die Fahne, das Schiff zerrte an den Tauen und sein Bug rumste ächzend gegen die Rampe. Das Quirlen, Schäumen und Sprühen des Kursschiffs war für diese Kinder der Sound der Welt. Als sich die Schiffsschraube wieder zu drehen begann, schwänzelten sie dem Rumpf entlang. Das Schiff hatte vielleicht einen Regisseur an Bord, der mit einem Blick begriff, dass es am gottverlassensten aller Ufer einen künftigen Star zu entdecken gab.

Nachdem wir unsere Wohnung im Block bezogen hatten, wechselten die Chormädchen ihren Treffpunkt. Sie erkletterten den Erdwall, der nach Fertigstellung des Hauses nie planiert worden war, walzten Kuhlen in den Dreck und suhlten sich ganze Nachmittage in unserer Nähe. Sie vergaßen dort die Zeit, und ihre Mütter schrien die ungewöhnlichen Namen zum Erdwall.

Kitty wohnte in einem Haus mit schieferfarbener Eternit-Fassade. Ein ›Lediges‹, wie die Hiesigen das Kind einer unverheirateten Mutter nannten. Der Vater untergetaucht, die Mutter Alleinerziehende.

Das Haus machte auf mich einen trostlosen und vernachlässigten Eindruck. Keine Blumenkästen an den Fenstern, keine Vorhänge, kein Spalierbaum an der Kellerwand, aber Risse in den Mauern und Moospolster auf dem Dach. Von den Frauen in unserer Fabrik erfuhr ich, dass in Mäuschens Zimmer das übergroße Glanzfoto von Alain Delon hängt. Er sei das Idol. Er sei derjenige, unter dem das Mädchen sein Nachtgebet verrichtet und den es am Morgen als Ersten begrüßt.

Das Kind musste früh lernen, wie Feuer angefacht wird, wie man die eisernen Ringe über der Glut einsetzt und eine gusseiserne Pfanne handhabt, um von ihrem Gewicht nicht umgerissen zu werden. Es bekam gute Zeugnisse. Schwänzte nie die Schule, war immer pünktlich und fleißig und schrieb die allerbesten Aufsätze, die je im Schulhaus verfasst worden waren.

Ein begabtes Kind, das vielversprechende Töchterchen der Frau Kirchenrätin.

Was geht in der Kleinen vor, wenn ihr von einem Mann zum ersten Mal etwas Aufmerksamkeit geschenkt wird? Bisher hat Mäuschen nur gebüffelt. Es hat die Schuhsohlen über den Boden gezogen, Latzhosen getragen, das Haar zu Zöpfen geflochten und die Stirnfransen über die Augen fallen lassen.

Plötzlich trägt es Mädchenkleider mit Puffärmeln und weißem Kragen. Plötzlich öffnet es die obersten zwei Knöpfe, damit man den Anhänger an seiner Kette glänzen sieht. Plötzlich schlendert es mit einem Hüftschwung dahin und lässt die Mähne von einer Wange zur anderen peitschen.

Die Mutter nahm diese Veränderungen wahr. In der Fabrik äußerte sie Bedenken.

»Was ist denn um Gottes willen passiert?«

Das Töchterchen könne sich nicht genug vor dem Spiegel drehen. Es wünschte sich einen breiten Ledergurt. Den Dorn setzt es ins letzte Loch der ziselierten Schnalle, damit die zwei Eishockeypuks auf der Brust sich ein bisschen deutlicher abzeichnen.

Auch die Buben zog es zur Schiffiände. Die einzige Ruhebank war meistens von Greisen besetzt. Deshalb stolperten sie über den Felsvorsprung. Mit einem Kopfsprung in den See konnten sie die Mädchen beeindrucken. Man hatte dort auch die Villa im Blick. Manchmal verhüllte ein Tuch die Tauben-Volière, die Rollläden waren geschlossen und kein Laut drang aus den Fenstern. Das Anwesen hinter dem Gittertor wirkte dann abweisend, verlassen, fast geisterhaft.

Doch es kam vor, dass ein Boot an den Privatsteg glitt und die Rollläden hochschwebten. Kurz darauf tänzelte Madam in einem schwarz-silbernen Neoprenanzug daher und hüpfte an der Hand eines Werftangestellten ins schaukelnde Boot. Es strudelte das Wasser auf und sandte eine Prozession kleiner Wellen zum Steg. Für gewöhnlich übernahm Madam das Steuer. Mit einer hoch aufspritzenden Gischt brauste sie an den Kindern vorbei, eine Seejungfrau mit hinterherwirbelndem Haar. Das Boot neigte sich in die Kurve und verschwand.

6

Der Sommer begann.

Dieser für mich so bedeutungsvolle, so lange erwartete Sommer. Wie Rosenblätter schwankten Pedalos auf dem Wasser. Die leichte Brise trieb Segelboote zum anderen Ufer des Seebeckens. Der Hund des Schiffwarts trieb die Blesshühner aus dem Schilf. Vom Steilhang wehte der Duft von Tannenharz.

Alle waren freundlich. Im Dorf haben sie mich ›Frau Organist‹ genannt. Ich habe in den Tag gelebt, gedankenlos und glücklich. Eine Neuvermählte.

Ich lobte die Barbie-Puppe der Kleinen mit der Fotzelfranse auf der gewölbten Kinderstirn, die sich vor dem Schaufenster der Bäckerei die Taille so eng gürtete, dass sie kaum Luft bekam. Ich verriet der Bäckersfrau begeistert: »Mein Mann isst am liebsten Buttergipfel mit einem Klacks Quittenkonfitüre.«

Und wenn die Frauen um mich herum dann lächelten, fiel mir ein, wie Charly sich an mich drängt, während ich Kaffee durch den Filter gieße. Wie er mich aufs Bett wirft, wenn ich den Taftmantel anziehe, um zur Bäckerei zu eilen. Und dass er mich, je entschiedener ich ihn zurückdränge, desto wilder begehrt.

Es war schön, eine Ehefrau zu sein.

So viel Zärtlichkeit zu verschwenden. Zum Liebsten sagen zu können: »Frage mich später, wie ich dein Streicheln genieße. Frage mich morgen, ob ich geheime Wünsche habe. Frage mich, ob ich mir das Eheleben genauso vorgestellt habe: freudig erwachen, freudig zu Bett gehen, mit ein wenig Herzklopfen und ein wenig Süße zwischen den Schenkeln.«

Ich vernahm das taftene Geräusch der Schilfhalme, wenn ich auf dem Fußweg durchs Ried zu meiner Buchungsmaschine eilte. Ich benötigte zwanzig Minuten bis zur Fabrik. Beim Schilfeinschnitt betrat ich immer den Steg, denn von seiner Spitze konnte ich einen Gruß zu unserem Wohnblock schicken. Charly saß oft noch auf dem Balkon und sinnierte vor sich hin. Er wandte aber nie den Kopf zum Steg. Nie folgte er mit den Augen meinem Weg zur Fabrik. Doch ich verharrte eine Atempause lang auf der Stegspitze und schaute zum Balkon, ehe ich weitereilte, um pünktlich den Stempel ins Zeitfenster meiner Kartei zu rammen.

Die Werktage vergingen rasch.

Ich hebelte mich in meiner Buchungsmaschine durch die Kontobögen, als dirigiere ich ein Raumschiff. Dann übersetzte ich ein Geschäftsprotokoll. Dann überlegte ich mir, was mein Mann und ich am Feierabend unternehmen könnten.

Zusammen mit dem Wind um die Wette laufen?

Die Duschglocke auf meinen Busen setzen und Charly zusehen lassen, wie das eiskalte Wasser darüberrieselt?

Die Mondnacht auf dem Balkon verbringen und Mokka aus den Röhrentassen trinken.

Prüfen, wie viel Sterne sich im Netz verfangen haben, das mein Liebster für mich ins Wasser des Sees geworfen hat.

Die Mütter der Chormädchen lächelten mir zu, wenn die Frau Organist mit Lieferscheinen die Lagerhalle betrat. Der Gesangsunterricht kostete nichts. Und ihre Kinder kamen weg von den gefährlichen Felsen. Sie waren meinem Mann dankbar, dass er ihre Mädchen über die schwierige Brücke der Kindheit in die Welt der Erwachsenen führt. Er verbrachte beinah mehr Zeit mit seinen Schützlingen als ihre Mütter.

Ich entnahm dem Geplauder am Packtisch, dass sich das Mäuschen jetzt Kitty nennt. Dass die Mutter nicht mehr an sie herankommt. Das Mädchen schlage die Hand weg, die seine Wange streicheln will. Vor Kurzem habe es noch voll Sehnsucht auf den Tag gewartet, an dem die neue BRAVO am Kiosk erschien. Nun aber bedeute das Singen im Chor den Höhepunkt der Woche. Dafür wäscht es sich das Haar, stopft Watte in den Büstenhalter und tönt die Pickel ab.

Aber Kitty sei selbstsüchtig, fordernd und launisch. Heute so, morgen anders. Sinkt jeden Abend vor dem Bett auf die Knie, um Wünsche in die gefalteten Hände hineinzubeten. Einen Büstenhalter mit Spitzkörbchen Marke Triumph, Schnürstiefeletten, aufheizbare Lockenwickler, Gold-Nagellack, einen Kofferplattenspieler und ein Klavier. Unzählige Wünsche. Dringliche Wünsche, die keinen Aufschub dulden.

Kitty sei in einer ›Phase‹, erklärte die Mutter von Lolo. »Alle kommen in diese Phase. Die Meinige ist schon bald eine Erwachsene.«

Die Mutter von Kitty seufzte. Dann seufzte die Mutter von Manuela, dann jene von Gipsy. Die Seufzer der Mütter verbreiteten sich wie ein Echo vom Anfang bis ans Ende des Packtischs.

Die Frauen nahmen sich vor, am Zahltag ihrem alleingelassenen Kind im Café ›Romantika‹ einen Eisbecher oder eine Cola zu gönnen. Und natürlich darf es am Kiosk die Wochenzeitschrift mit dem jungen Herzen kaufen. Vielleicht wird es sogar das heißbegehrte Konzert von Hazy Osterwald in der Stadt besuchen dürfen.

Zur Finanzierung von Sonderausgaben besorgten sich unsere Arbeiterinnen eine Extraportion Heimarbeit. Wenn es in der Stadt ein Konzert gab, herrschte am Ausgabenschalter Gedränge, weil die verflixten Kinder nicht leben konnten, ohne dem Auftritt ihres Idols beizuwohnen.

Als Sekretärin war ich in einer höheren Gehaltsklasse. Aber ich konnte fürs Fahrrad nichts zur Seite legen. Charly brauchte dieses Rad. So stand auch ich am Freitagabend am Heimarbeitsschalter an. Irene stellte sich mir in den Weg. Sie schrie durch die Halle:

»Der Frau Organist müsste es der Stolz verbieten, einer alleinverdienenden Mutter die Arbeit vor der Nase wegzuschnappen!«

Ich erschrak.

Ein Murren ging durch Irenes Truppe. Ich stand da, wie in den Boden gerammt. Mir war zum Schreien zumute. Aber kein Respekt, den ich diesen Frauen schuldete, kein Mitleid mit ihrem schweren Los und keine Scham über unsere unwürdige Bettelei um ein bisschen Heimarbeit konnten mich dazu bringen, meinen Anstand über ihre Not zu stellen. Irene stützte die Arme in die Hüfte und neigte sich mir zu. Ihre Augen blitzten, und die Schneidezähne hafteten wie Pfefferminztabletten auf ihrer Unterlippe.

Ich habe ans Fahrrad für Charly gedacht und blitzschnell unter ihrem Arm durch das letzte Heimarbeitspaket gegriffen. Dann machte ich auf dem Absatz kehrt. Mein Leben war anderswo. Es musste weit weg von hier sein. An einem Ort, an dem der Mensch Würde und Anstand leichter bewahrt.

7

In Charlys Kopf war Musik. Er hatte immer einen Papierblock in der Nähe, um Tonfolgen festzuhalten. Er schrieb auch im Café ›Romantika‹ an seinem Meisterwerk. Ich kann keine Noten lesen. Seine Melodie blieb mir deshalb verborgen. Er sang sie mir niemals vor.

»Mein Liebster, du bist für mich eine Glocke, deren Geläut ich nicht höre.«

Manchmal dirigierte er mit dem Bleistift ein Konzert. Sein Gesicht leuchtete dann. Und ich neigte mich vor, um meinen Musiker auf den Mund zu küssen.

»Ob in jedem Menschen eine Glocke hängt? Auch in mir?«

Ich wollte ihn fragen. Aber ich fürchtete die Antwort, fürchtete auch sein Zögern. Und meinen Sturz ins Bodenlose. Wenn es in mir eine Glocke gibt, dann ist es wohl so, dass niemand ihren Klöppel in Schwingung setzt.

Dank seiner Orgelmusik und den schönen Chorstimmen kniete nicht mehr nur ein halbes Dutzend alte Frauen mit dem Rosenkranz in der Kirche. Nun kamen auch die Jungen, die Berufstätigen und weniger Frommen. Sie hörten Bach, Vivaldi, Händel, Haydn, Mozart, Beethoven und Schubert. Daneben konnten sie auch zeitgenössische

Komponisten wie Johann Baptist Hilber genießen. Die Leute verharrten vor den Statuen der Heiligen Agatha und der Muttergottes in der Mandorla bis zum Verhallen des letzten Orgeltons.

Die Bewunderung der Zuhörer nahm mein Mann zur Kenntnis. Er linste ins Kirchenschiff hinunter. In der Bäckerei drehte sich das Gespräch um die ›schöne Messe‹, die ›wunderbaren Singstimmen‹ und den ›neuen Ruhm der St. Agatha‹.

Ich schwang meine kleine Handtasche im Kreis.

Und sah plötzlich die leuchtend roten Geranien auf den Fensterbänken des grauen Eternitschindelhauses. Auch am Elternhaus von Lolo hatte man ein paar Batzen für Setzlinge erübrigen können. Plötzlich hatten die Bewohner Zeit zum Pflanzen, Gießen und Aufbinden ihrer Spalierbirnen an den frisch gekalkten Grundmauern. Kupfertöpfe glänzten in der Sonne. An Vorhängen ringelten sich Rüschen.

Das Auto des Pfarrers blitzte vor Sauberkeit. Ich bemerkte ein Plakat für die Zahnradbahn über der Ruhebank bei der Lände. Die zerfranste Fahne am Steg war durch eine neue ersetzt worden. Sogar der Hund des Schiffwarts trug eine Schleife um den Hals.

Mir schien, die Glocke der St. Agatha läute länger. In der Parfumfabrik würden die Mütter der Sängerinnen aufrechter als sonst am Packtisch sitzen. Sie falzten ihre Schachteln mit mehr Schwung und banden schönere Seidenmaschen. Sie plauderten und gurrten, als hätte ihr Dorf die Notenschrift erfunden und sie die Sängerinnen geboren, die das Liedgut der Welt überhaupt erst zur Geltung bringen.

Das Schiff brachte mehr Touristen. »Wir sind jetzt ein Landeplatz der offiziellen Seeroute«, erklärte die Bäckersfrau.

»WIR.« Sie klopfte an ihre Brust, WIR werden vom Expressdampfer angesteuert. WIR sind kein Umweg. WIR stehen im Fahrplan der Kursschiffe.

Der Sakristan bot Führungen durch die Kirche an. Er deutete zur Empore und schob wichtigtuerisch die Unterlippe vor. Die Orgel sei berühmt.

»Das Dorf verdankt dir eine Farb- und Klangexplosion, mein wunderbarer Charly.«

Eine Selbstverständlichkeit, er breitete die Arme aus. Ein König.

Ich stellte meine elektrische Nähmaschine auf den Balkontisch, rädelte Schnittmuster aus dem Ringier-Modeheft und nähte einen seidenen Bademantel für Charly und einen langfransigen Schal. Für mich ein trapezförmiges Kleid und ein durchsichtiges meergrünes Babydoll mit schwarzen Spitzen am Ausschnitt. Ich holte meine hochhackigen Hochzeitsschuhe aus dem Karton und trippelte auf dem gekiesten Seeweg wie auf Eiern zur Fabrik.

Mit Sicherheit war ich hochnäsig. Ich richtete mir im Packraum kokett das Haarband, wenn Irene meine Lieferscheine mit dem Handrücken erschlug. Diese Frau kämpfte jeden Tag im Puderstaub für ihre Arbeiterinnen. Rang mit dem halsstarrigen Pfarrer um kirchliche Angelegenheiten. Setzte durch, dass Madams Tauben zu Unzeiten Flötenmusik machen durften, und hielt dem Organisten jeden Sonntag das Portal auf, damit die Orgel auf die

Sekunde genau ertönen konnte. Ihre Unterlippe war vom Kämpfen an allen Fronten zerbissen.

Ich hingegen war die glückliche Gattin eines genialen Musikers, der das Dorf verzauberte. Er tänzelte mit meinem neuen Schal durchs Dorf, so beschwingt, so von Musik erfüllt, dass die Fransen um seine Mokassins hampelten. Ich betete ihn an. Ich konnte nicht anders. Fasziniert schaute ich ihm nach.

Von Zeit zu Zeit machte er eine halbe Drehung zum Balkon und warf mir einen Kuss zu. Als Einziger im Dorf schickte mir ein Mann in aller Öffentlichkeit seine Botschaft der Liebe.

Ich trug mein Babydoll, wenn er zurückkehrte, hob den Saum vom Spitzenhöschen und wiegte mich in den Schultern. Er lachte. Er musste sich setzen, weil er nicht aufhören konnte zu lachen. Er sagte:

»Du erkältest dich. Zieh dir etwas an!«

Was für ein Leben! Jeden Tag trippelte ich in mein Büro.

Jeden Tag erkletterte ich meine Buchungsmaschine und ließ es krachen.

8

Das Gerangel der Mädchen um einen Platz in der Nähe der Orgelbank gehörte zu den angenehmen Seiten von Charlys Teilzeitstelle. Er war der Mittelpunkt von acht schwärmerischen, im Halbkreis um ihn herumhüpfenden Chormädchen. Ordnete die Stimmen, wählte die Lieder und bestimmte die Solistin. Die anderen Chormädchen mussten deren Gesang mit zurückhaltender Begleitung untermalen. Sie gehorchten ihm aufs Wort. Sein Amt verlieh ihm Ansehen und Macht.

Er übte nicht nur nach Schulschluss, sondern öfters auch abends. Der Pfarrer war überrascht, dass die Mädchen sich auf der Empore versammelten, wann immer der Organist sie zusammentrommelte. Sie murrten nicht, wenn er sie eine Passage wiederholen ließ. Sie wussten, dass er jeden Falschton aus den Stimmen filtern konnte. Wenn der Taktstock klopfte, kam der Gesang sofort zum Verstummen. Erschrocken schauten die Chormädchen auf. Sie sahen seine Brauen sich zu Häkchen krümmen. Dieser Blick war für sie ein Rätsel. Was überlegt er? Macht er sich lustig über sie?

Er wusste, dass die Mädchen ihm eine Chorstunde lang gefallen wollten. Nahe an der Orgel stehen, die richtigen Töne treffen, den Text nicht vergessen, nicht husten und keine heisere Stimme haben. Er hatte sie in der Hand. »Ich schenke ihnen nichts«, hat Charly mir erklärt. »Ich habe mir geschworen, das Gold aus der Kehle dieser Kinder zu holen. Ich habe ihnen versprochen, sie zu Sängerinnen auszubilden.«

»Dafür liegen sie vor dir auf dem Bauch?«

»Meine Mädchen wollen entdeckt werden.«

Sie lernten bei ihm nicht nur Kirchenlieder.

Er erschloss ihnen die Biographien der großen Komponisten. Sie sollten ein wenig Bildung in ihr Leben mitnehmen. Doch viel lieber lauschten sie den Karriere-Geschichten, die jenen in ihrer BRAVO glichen.

Wie das dünne Gauklermädchen Edith Piaf mit fünfzehn Jahren in Paris als Straßensängerin entdeckt wird. Wie die kreidige Juliette Greco eines Nachts im Künstlerlokal ›Tabou‹ auf einen Tisch steigt, die schwarzen Augenlöcher auf die Besucher geheftet, ein paar Chansons singt. Und entdeckt wird. Wie ein dickes Mädchen einen Bandwurm frisst. Und entdeckt wird. Jetzt ist sie ›Die große Callas‹ mit Glanzfoto am Zeitschriftenständer des Kiosks.

Man wird entdeckt. Voilà!

Wenn man hier die Füße ein bisschen im See schwenkt, wird man nicht entdeckt.

Das Mäuschen stand jetzt näher an der Orgel. Statt Letzte, war es die Dritte von links. Wenn der Organist das Notenheft aufschlug, richtete es seine silberbeschlagene Gurtschnalle auf dem Nabel. Und wenn er das Zeichen gab, streckte es seine mit Wattebäuschen geplusterten Hühnerbrüste heraus und öffnete die Lippen.

Nach der Probe zündete sich Charly eine Zigarette an, ließ sie über die Unterlippe hängen und haute in die Tasten. ›Itsy Bitsy Teenie Weenie Honululu Strandbikini‹. Der Rauch stieg ihm in die Augen. Auf der Empore war die Hölle los. Seine Finger perlten über zwei Manuale gleichzeitig und streiften beim Schlussakkord über die ganze Breite der Klaviatur. Einmal hinauf und einmal hinunter. Dann schwang er seine Mokassins vom Fußpedal.

Dafür verehrten ihn die Mädchen. Kreischend wie Möwen flatterten sie von der Empore hinaus in die vom Duft der Rosen erfüllte Luft.

Er bezweifelte, dass seine Chorblumen so ausgelassen durch ihr künftiges Leben tanzen würden. Die meisten werden mit der BRAVO unter dem Arm auf dem vorgezeichneten Weg dahintrotten: Schule, Fabrik, Heirat, Kinder.

Ich war bestürzt. Ich hatte mir nie überlegt, dass einige seiner Schülerinnen in zehn Jahren den Arbeitsplatz ihrer Mutter einnehmen und von Irene zu den Abfüllzylindern dirigiert werden.

»Ich werde dann nicht mehr da sein. Meine Lieferscheine werden an ihrem trostlosen Leben nicht schuld sein.«

»Hast du denn etwas, das dich erfüllt, Rosy? Du hängst auf der Empore herum, weil du nichts Besseres zu tun weißt.«

»Ich sehe dich gerne aufblühen. Es ist wie ein Wunder. Ich würde aber auch gerne Kinder haben und erleben, wie sie sich entwickeln.«

Solche Gespräche waren selten. Charly brach sie ab. Meine Meinung interessierte ihn selten. Spintisierereien. Blitzideen. Konfuses Zeug. Er kramte Papier hervor. Wenn ihm eine Melodie einfiel, musste er sie notieren. Und er musste in die Stadt, um den Stundenplan der Musikschule einzuhalten. Auch seine Cäcilie benötigte viel Beachtung. Einmal lahmte eines ihrer Fußpedale. Einmal war sie verstimmt.

Ich war oft allein.

Ich wusste, dass es passieren würde. Von klein auf sagt man den Mädchen, dass das passiert. Erst hängt dein Himmel voller Geigen. Plötzlich Stille. Kein einziger gezupfter Ton. Warum? Es ist unerklärlich. Die Warner drehen die Handflächen zum Himmel.

Zum Hochamt erschienen die Mütter der Chorsängerinnen im Festkleid. Jede hatte ein paar Glitzerknöpfe, ein Spitzenband oder eine Rüsche aufgetrieben. Einige alte Frauen räumten ihren angestammten Platz in der vordersten Reihe, obwohl sie hinten kein Wort von ihrem Pfarrer verstanden. Die Mütter rutschten nach, dankbar, dass sie keine Verrenkung machen mussten, um ihrem Goldkehlchen Kusshände auf die Empore zu schicken.

Irene zeigte sich jetzt jeden Sonntag mit einem Hütchen in der Größe eines Schachtelkäses. Es war über und über mit Blüten besetzt, und Perlen zitterten auf den Endpunkten von Nylonfäden. Dieses Blust-Rondell zierte das rechte Ohr. In der Funktion als Kirchenrätin erwartete sie alle Besucher des Gotteshauses am Weihwasserbecken. Ihre rechte Hand lag auf dem Marmorrand so elegant und locker, als wäre dies der Arm eines Bräutigams. Der

Organist kam als Letzter, sie sorgte dafür, dass die Tür offen stand. Sie wartete, bis sie den Finger ins Weihwasser tunken und dem Hereinstürmenden reichen konnte. Er hob grüßend den Humphrey-Bogart-Hut. Erst dann schaukelte sie im Mittelgang zur vordersten Bankreihe, um sich an die Spitze der Arbeiterinnen zu setzen. Die Messe konnte beginnen.

Wenn die Orgel aufrauschte, schloss sie die Augen und atmete in die gefalteten Hände. Wenn er das Tutti einlegte, errötete sie. Die Arbeiterinnen machten sich im Stillen über die Andacht der Vorarbeiterin lustig.

»Am Sonntag spürt Irene ihr Gedärm!«

An den Werktagen gehörte ich zu den wenigen Frauen, die in der Mittagspause den langen Weg nach Hause eilten, kochten und in die Fabrik zurückeilten.

Wie ein Irrwisch drehte ich mich durchs Schlafzimmer, um die Fenster aufzureißen und die Decken zu schütteln. Aufgeschreckt, taumelte mein Mann im Halbschlaf ins Bad. Der Irrwisch hatte ihn mit rohem Türschlag geweckt. Ich setzte eine Pfanne auf. Zum Schnipseln, Zubereiten, Rühren, Braten, Reinigen, Auftischen hätte ich ein Dutzend Hände benötigt. Wenn ich endlich dazukam, auf der Stuhlkante sitzend mein Essen zu schlingen, klatschte sich mein Mann After Shave ins rasierte Gesicht. Ich streifte nach dem Abwasch die Hände am Geschirrtuch ab und rannte zur Fabrik.

Vom Balkon aus hätte er mein Taftmäntelchen flattern und im Industriegebiet verschwinden sehen können. Gott im Himmel ist mein Zeuge, dass er mir nie nachgeschaut hat.

Mein halber Tag lag schon hinter mir, wenn der seine begann. Meine Gedanken begleiteten ihn. Er drückte die Zigarette auf dem Balkongeländer aus, schnappte die Notenmappe und spazierte zum ›Romantika‹. Dort gab es seine bevorzugte Zigarettenmarke und den besten Kaffee. Dort hatte man Madams Anwesen im Blick.

Am Abend verfertigte ich Heimarbeit. Jedes Paket enthielt zweihundertfünzig Musterseifen. Für diese waren Kartons zu winzigen Boxen zu falzen, Seifentabletten mit Seidenpapier zu umwickeln und sie dann ins Schächtelchen zu stecken. Dasselbe machte ich mit den Parfumampullen. Diese Arbeit ist öde, rechts einen Karton greifen, einknicken, falten, links ein Flakon greifen, einstecken, Lasche zu und ins Schächtelchen stecken. Stundenlang. Wenn ich fertig war, hatte ich Blasen an den Fingern.

Die Ferien an der Musikschule dauerten ewig.

In diesem Dorf gibt es keine Bibliothek. Der Sakristan schloss die Kirche nach der Frühmesse. Und der Pfarrer gewährte immer erst am späten Nachmittag Zutritt zur Orgel. Also blieb Charly nichts anderes übrig, als mit seiner Notenmappe zum Café zu schlendern.

Mein Mann verbrachte alle Nachmittage im ›Romantika‹. Er arbeitete dort am Meisterwerk. Er wollte nicht von mir verlangen, dass ich meine Musterseifen und Schächtelchen vom Tisch räume, damit er seine Notenhefte ausbreiten kann. Dort war genug Platz.

Er bestaunte aber auch das Flötenkonzert der Tauben von Madam. Für ihn war das kein Lärm, wie für unseren Pfarrer.

Gleichzeitig kontrollierte er die Chorblumen. Ihnen konnte weiß Gott welche Dummheit einfallen, während ihre Mütter arbeiteten. Sie studierten die Kinoplakate. Es interessiert sie, wie Audrey Hepburn und Gregory Peck sich küssen können, ohne dass die Nase stört. Sie verbogen sich vor dem Foto von Elvis Presley, der mit vorgeschobenem Becken zwischen den gespreizten Beinen an seiner Gitarre zupfte. Auch den Buben fiel nichts Gescheites ein. Sie füllten Seewasser in einen Ballon und spritzten die Mädchen voll. Dann musste Charly eingreifen, damit keines wegen Heiserkeit ausfiel.

Er saß immer am Fenstertisch mit Blick zur Villa. Vor ihm lagen mehrere Notenhefte. Einmal in der Woche verfütterte die Benz ein Ochsenherz an die Fische in der Bucht. Und jeden Tag machte sie einen Tauchgang. Auf dem Steg schlüpfte sie in ihre Monoflosse, dann richtete sie sich die Free-dive-Brille zurecht, rutschte im Neoprenanzug an die Stegkante und glitt ins Wasser. Eine Boje diente als Tauchstation. Am Seil tauchte sie senkrecht ein und verschwand mit einem Flossenschlag in der Tiefe. Mein Mann zählte. Bei hundertachtzig musste sie auftauchen.

»Sie schwimmt mit den Fischen, Rosy. Sie kann den Atem lange anhalten. Immer länger. Schon beinah ein Wasserwesen. Man nennt es Apnoetauchen. Das bedeutet: Atemstillstand. Sie muss ihre Beinschlagtechnik in Harmonie mit der Gesamtbewegung üben und den Ruhepuls senken. Herz und Lunge vergrößern sich und versorgen den Körper dadurch mit genug Sauerstoff, um den Kampf mit dem Atemreiz hinauszuzögern. Durch Druck der Zunge gegen den Gaumen gelingt es der Taucherin, den Druckausgleich durchzuführen.«

Ich wunderte mich über sein Wissen.

Die Benz beschäftigte ihn. Würde diese sich einen Flohzirkus halten, so wüsste er alles über das Dressieren von Flöhen.

Er hielt es für notwendig, seinen Chormädchen immer einen Schritt voraus zu sein, immer mehr zu wissen, stets ein guter Lehrer zu sein. Obwohl der Sinn und Zweck von Madams Einfällen nicht nachvollziehbar seien, betrachteten seine Mädchen diese für die interessanteste Frau weit und breit.

»Und du?«

Er zwirbelte das Schläfenhaar. Dies bedeutete, dass meine Frage ihn irritiert hatte.

Er meinte, Madam sei auf eine Weise faszinierend. Ja doch irgendwie... Aber sie interessiere sich nicht für junge Männer wie ihn, falls ich das denke. Es gebe keinen Grund zur Eifersucht.

»Der Benz genügt die Gesellschaft der Fische und der Tauben. Eine verwöhnte Person halt. Eine mit Capricen.«

Er schnippte die Zigarette vom Balkon und ging zu Bett.

Sein Foto klebte mit einem Haftstreifen an meiner Buchungsmaschine. Beim Vorschleudern der Walze witschte sein Gesicht an mir vorbei. Tausende von Buchungssätze lang witschte mein schöner Mann vorbei. Er war nicht zu fassen. Mit jedem Kontoeintrag wurde es mir von Neuem bewusst.

Seine Ideen vertrat er freundlich und lächelnd, kräuselte höchstens die Brauen. Er war nicht fanatisch. Mit ausgesuchten Worten und gut durchdachten Argumenten versuchte er Gegner in seine Richtung zu manipulieren. Wenn ihm dies nicht gelang, gab er auf. Er verstand sich mit dem Kirchenrat. Der Pfarrer schätzte die Hingabe seines Organisten an die liturgischen Gesänge.

Wir kamen mit niemandem in Konflikt. Wenn ihm etwas nicht passte, entfernte er sich. Schluss! Feierabend! Seine Art. Er entfachte keinen Krieg.

Mir gefiel, dass er ein umgänglicher Mensch war. Ich verabscheue nichts so sehr wie das Brustgetrommel von Gorillamännern.

Auf Charly konnte ich stolz sein.

Er hatte aber immer seltener Lust, mit mir und dem Wind um die Wette zu rennen. Das machte mir zu schaffen. Wir waren ja sozusagen noch in den Flitterwochen.

Ich spazierte im durchsichtigen Babydoll in der Wohnung herum, denn in diesem Alter konnte ich es mir leisten, so spärlich bekleidet vor den Augen meines jungen Mannes zu kochen, mit einem Putzlappen über den Boden zu kriechen, mich lasziv auf dem Balkon zu räkeln oder blitzschnell bei gestreckten Beinen das Goldkettchen am Fußgelenk zu richten.

Von meiner Warte aus erschien mir Madam Benz alt. Ich war der Ansicht, dass eine Frau mit vierzig Jahren nicht viele Liebschaften haben kann. Trotzdem keuchte mein Mann nicht nach Hause, um seine junge Frau im Babydoll den Haushalt machen zu sehen, sondern füllte im ›Romantika‹ Aschenbecher um Aschenbecher.

Wenn Madam die Salontür öffnete, erhob er sich. So tat er es bei der Wandlung in der Kirche. Unfassbar!

Oft stand der pinkfarbene Amerikanerwagen in der Auffahrt. Sein Verdeck konnte geöffnet und hinter die rahmfarbenen Polster gefaltet werden. Ein Traum aus Hollywood. Marylin Monroes Wagen. Kein Vergleich mit dem knatternden VW des Pfarrers. Wenn Madam sich das Kopftuch umband, auf dem eine weiße Taube eingewoben war, und ihren Wagen an der Nagelfluh vorbeizwängte, meinte ich, das Dorf seufzen zu hören.

Das Rosa-Schiff der Benz. Auch in der Stadt war es bekannt.

Wie ein Wirbelwind fiel ich jeden Morgen über die Tasten der mächtigen Buchungsmaschine her. Pünktlich belieferte die Parfumfabrik die Welt mit schneeweißen Seifen und verführerischen Düften.

Neben dem Sekretariat hielt ich unsere Dreizimmerwohnung sauber und bezahlte unsere Rechnungen. Ich war die glückliche Näherin auf einer Rosamaschine. Die Hausfrau mit Designer-Mokkatassen. Die vom Leben einen Sonderplatz neben ihrem attraktiven Dom-Organisten erwartete.

Für meinen Mann gab es zu Hause nichts zu tun. Er konnte sich seinem Meisterwerk und seiner Nebenbeschäftigung als Organist widmen.

»Er ist oft im ›Romantika‹«, fand Irene.

»Er studiert dort.«

»Was?«, fragte sie. »Was studiert er dort? Das Paradies von Madam Benz? Die Mädchen am Kinoaushang?«

Er stieß dort immer auf einige Mädchen aus dem Chor.

Seit Neuestem umwickelten sie das Haar mit einem Kopftuch, weil auch Madam Benz ein Kopftuch am Steuer ihres offenen Amerikaners trägt. Die Tuchzipfel standen über der Stirn wie Hasenohren auf. Manchmal knickte eines vornüber in die kindliche Stirn. Und dann klapperten sie mit den Wimpern wie Audrey Hepburn. Das sah entzückend aus.

Die vom Felsen kopfüber tauchenden Buben beobachteten die Tellerröckchen von fern, denn die Mädchen konnten in ihren Stöckelschuhen nur über ebenen Boden stelzen. Weil manchmal eine Bise wehte, zogen sie unter den kurzen Röcken farbige Strumpfhosen an. Damit kein Wäschestück sich abzeichnete, verzichteten sie aufs Höschen.

Im Augenblick wurde im Hauptort ›Verdammt in alle Ewigkeit‹ gezeigt. Montgomery gab sein großes Trompetensolo. Er gab sein Solo ohne die Mädchen. An der Kinokasse im Bezirkshauptort wies man sie ab. Zu jung. Doch sie waren Frauen. Sie rasierten ihre Achseln. Sie menstruierten. Warum verwehrt man ihnen das Kino? Was wollen sie denn? Billigste Plätze. Zuschauen, wie schöne Menschen die Welt in Kuchenstücke teilen.

Die Ideen der Mädchen amüsierten Charly. Es sei oft sehr lustig mit den Chormädchen.

Ich glaubte meinem Mann aufs Wort. Sie hielten ihn über alles auf dem Laufenden.

Er war immer seltener zu Hause. Eigentlich komponierte er beinah ausschließlich im ›Romantika‹.

Madam tauchte zu unterschiedlichsten Zeiten auf. Einmal erschien sie mit einem riesigen Herz auf dem Silbertablett. Ein Boot holte sie ab und zischte mit ihr und dem Tablett um die Felsnase. Ein anderes Mal setzte sie sich anmutig an den Steinway, schüttelte ihre Locken im Kristalllicht und stürzte die Finger von großer Höhe auf die Tasten. Sie spielte eine so wilde Melodie, dass die Blumen in der Vase erzitterten.

Er erzählte es mir. Er musste darüber mit jemandem reden.

Was sollte ich antworten? Natürlich gab die Benz sich Mühe, den Kaffeetrinker an seinen Fensterplatz zu bannen. Natürlich stockte ihm der Atem, wenn sie den Reißverschluss ihres Neoprenanzugs vom Kinn bis zum Nabel aufzog, zu den Fersen rollte und sich dann nackt an den Flügel setzte. Natürlich tasteten seine Augen sie ab, beharrlich, geduldig, begehrlich.

Ich kam zum Schluss, dass Madam eine Hexe ist.

Charlys Schatz schob die Heimarbeit zur Seite und ging zu Bett.

9

Ich wurde mürrisch.

»Warum machen wir nie einen Ausflug?«

»Weil wir kein Auto besitzen, du verdienst zu wenig.«

Ich rasselte mit der Sparbüchse. »Wir sparen für dein Fahrrad.«

Er sprang in die Luft, hing sich den Seidenschal über die Schulter und ging Zigaretten kaufen.

Nach dem Hochamt gehörte er mir.

Mir!

Ich rief das Wort meinem Spiegelbild zu und trommelte mit beiden Händen an meine Brust. Am Sonntag war das ›Café‹ geschlossen. Charly blieb zu Hause.

Wir genossen die milden Frühsommertage auf dem Balkon in den neuen Teaksesseln. Den Bändel am neuen Bademantel hatte er nachlässig oder gar nicht geschlungen. Darunter war er nackt. Sich seine Orgelmusik verinnerlichend, hob er die Hände auf Brusthöhe, die Seide öffnete sich und gab seinen maskulinen Körper frei. Er ließ die Finger über imaginäre Tasten perlen.

Auch dort hatte er einige Chormädchen im Blick. Alle trugen diese fröhlich bedruckten Tellerröcke, die von zahllosen Schichten wächserner Petticoats in der Schwebe gehalten werden und den aufgespannten Schirmchen in den Eisbechern des ›Romantika‹ glichen.

Wie Flamingos staksten sie über die Erdklumpen des Walls, kramten in ihren Beuteltaschen, schraubten Lippenstifte aus den Hülsen, schwenkten ihre Mähnen und verlängerten die Augenwinkel mit dem gleichen Schwalbenschwanz wie die Bardot. Ich hatte den Eindruck, dass sie ihre Augen mit Flügeln ausstatten, damit sie zu unserer Wohnung fliegen und sich auf die nackte Brust von meinem Mann setzen.

»Du übertreibst!«, fand Charly.

Ich übertrieb vielleicht. Doch unentwegt blitzten ihre Taschenspiegel zum Balkon. Ihr Zwitschern erinnerte an die Lockrufe der Vögel im orientalischen Käfig der Benz. Gesang stieg aus dem Erdwall. ›Ich hab ja nur aus Libbe zu dir, ja nur aus lauter Libbe zu dir, so viel getrunken.‹ Mit den Wimpern flatternd schauten sie zu Charly hinauf.

10

Der erste Aufruhr an meinem Arbeitsplatz geschah an einem Montag. Ich war in aller Herrgottsfrühe zur Arbeit aufgebrochen, ließ mir aber viel Zeit auf dem Weg. Der Tag dämmerte, ein zitternder heller Saum lief über die Bergzacken und kündete diesen Tag an.

Irene erwartete mich mit den Lieferscheinen. Die Arbeiterinnen stritten sich. Es ging um den Organisten. Jemand hatte Lolo im ›Romantika‹ vor einem Eisbecher am Tisch meines Mannes beobachtet. Das Mädchen räderte versonnen sein Papierschirmchen über die Lippen.

Mein Mann übertreibe es mit seiner Fürsorge, meinte Irene. Doch Lolos Mutter bedankte sich bei mir für die Einladung. Es sei nett, dass wir uns ein wenig um das Mädchen kümmern, während sie arbeitet. Sie klaubte das Portemonnaie hervor, um den Eisbecher zu bezahlen. Aber das wollte ich nicht.

Von dieser Einladung wusste ich nichts. Ohne Zweifel bevorzugte mein Mann das Mädchen. Im Chor war sie die Fleißigste. Traf als Erste auf der Empore ein und verließ diese als Letzte. Sie wolle Opernsängerin werden. Sie durfte das Notenheft umblättern. Wann immer ein schwieriges Orgelstück zu spielen war, übergab er Lolo den Taktstock. Eine Auszeichnung.

Kittys Mutter war außer sich. So wütend hatte ich sie noch nie erlebt.

»Lolo ist hochnäsig. Sie brachte ein Einmachglas mit Essiggurken zur Probe, weil angeblich auch Pat Boone vor jedem Auftritt eine saure Gurke isst. Sie schraubte den Deckel gewichtig auf, versenkte eine Gurke im offenen Mund und zog dann ihr Lippenrosé nach. Mit dem Taktstock weist die Primadonna den anderen den Platz. Hinten die Pfeifen, vorne die Diva.« Und natürlich sei Lolo die Donna Assoluta und Kitty ein Nichts.

Die Frau Kirchenrätin schüttete den Inhalt ihrer Handtasche zwischen die Flakons. Sie suchte ein Blatt Papier von ihrer Tochter und ließ dieses in der Lagerhalle zirkulieren.

Da es Lolo hin und wieder gelingt, den richtigen Ton zu treffen, hält sie sich für die Callas. Sie denkt, sie ist die Größte. Aber sie ist nur ein Nümmerchen. Ihre Stimme vibriert wie eine mit Luft gefüllte, alte Wasserleitung. Sie sabbert das Achselpolster von unserem Chorleiter voll. Warum duldet er, dass sie ihm in den Gehörgang schnaubt? Heute hat Lolo in sein Ohr gebissen. Er hat mich abgestoßen, regelrecht angeekelt hat er mich mit diesem Saugnapf-Mund einer Porzellan-Geisha am Ohr.

Die Wut des Mäuschens belustigte die Frauen am Packtisch. Die Mutter von Lolo rannte plärrend zur Toilette. Und Irene begleitete mich zur Tür. Sie wartete auf meine Meinung zum Fall Lolo. Sie fand, dass Kitty als erste Sängerin geeigneter wäre.

»Sagen Sie es Ihrem Mann!«

Außer Hörweite der Arbeiterinnen gab sie mir ihren Rat als Mitglied der Wahlbehörde für Organisten. »Ein aus dem Römisch-Katholischen Säckel der Kirche bezahlter Angestellter darf keine Chorschülerin ins ›Romantika‹ einladen!«

Sie habe errechnet, dass ich für einen Eisbecher, den Charly einer Chorschülerin spendiert, fünf Dutzend Werbeflakons in Heimarbeit verfertigen muss.

Ich wollte gehen. Sie hielt mich zurück und hakte nach.

»...und noch etwas! Kitty wartete einige Male nach der Probe vor der Kirche auf die Freundin. Vergeblich. Lolo kam einfach nicht von der Empore herab.«

Irene lutschte am Schneidezahn.

»Was macht er mit dem Mädchen?«

»Was schon? Er übt! Er bildet das Kind zur Solistin aus.«

Irene hat mir einen giftigen Blick zugeworfen und sich abrupt ihrer Truppe zugedreht.

11

Natürlich habe ich meinen Mann abends sofort zur Rede gestellt. Er fand alles zum Lachen, schob mich vor sich und schaute mich prüfend an.

»Du wirst dir doch keine Gedanken machen?! Du nimmst das Gewäsch doch nicht ernst? Lolo hat den Eisbecher verdient. Sie hat das Zeug zur Solistin. Sie möchte an die Scala.«

Er stehe ihr nicht vor dem Glück.

»Du?«

Welche Antwort wollte er von mir hören?

Das Versagen des Mädchens an unserer Hochzeit war mir in guter Erinnerung. Schon damals haben sich die anderen Chormädchen ihrem Dirigentenstab widersetzt. Ich gab zu bedenken, dass die Bevorzugung eines Mädchens der Stimmung im Chor schadet. Die andern wenden sich von ihr ab.

Lolo stehe das durch. Sie sei mutig, fand er.

»Mehr als das: Lolo ist tollkühn! Wenn du die Zeit im ›Romantika‹ vergisst, stellt sie sich ans Dirigentenpult. Charly verspätet sich, wir beginnen! Das gefällt den anderen Chorblumen nicht. Sie starren die Räuberin des Taktstocks entgeistert an. Kein Ton kommt aus ihren Kehlen. Dann schiebt Lolo ihr glitzerndes Lippenrosé zu einem

Puppenmund, so als seien die anderen für sie nur eine Meute quiekender und unmusikalischer Kinder, die sich zu Unrecht auf einer Empore tummeln. Erst das Klicken von Mokassins auf der Treppe bringt die Chormädchen dazu, sich in Windeseile zu einem Kirchenchor zu formieren.«

»Du übertreibst! Du bauschst immer alles auf!«

»Du hast keine Ahnung. Wenn du auf die oberste Stufe hüpfst, blicken dir die Gesichter von acht Madonnen entgegen. Du reißt dir den Schal vom Hals, wirfst ihn der Nächststehenden auf den Scheitel und schwingst dich auf die Orgelbank.«

Charly musste sich setzen.

So konnte ich nicht mit ihm reden! Er hat mich angestarrt, als wäre ich sein ärgster Feind. Er studierte im weißwievielten Semester Musik und musste sich von einer unmusikalischen, unkultivierten Buchhalterin herunterkapiteln lassen.

Ich bin zu Bett gegangen und habe das Leintuch über meinen Kopf gezogen, um den unüberwindlichen Abgrund zwischen uns nicht sehen zu müssen.

Kittys Mutter tröstete ihre Kleine, die vom Organisten derart ungerecht behandelt worden war. Sie erfüllte ihrem Mäuschen mit einem Kofferplattenspieler den Wunsch aller Wünsche.

Kitty schleppte diesen überallhin mit. Zur Lände, vor die Villa, auf den Erdwall. Sie bestimmte, wer sich vor den Kofferplattenspieler auf den Bauch werfen durfte. Cousin Benny gehörte dazu. Hingegen Lolo war unerwünscht. Unermüdlich wechselte Kitty die Schellackscheiben. Unermüdlich stöhnten, tremolierten, schluchzten und kreischten Gitta, Nina, Sonja, Marina, Coco und Gipsy mit ihren Schlagerstars.

Ich weiß, dass Mädchen in diesem Alter sich rasch verlieben. Bei der Aufnahme in den Chor war ihr Leiter ledig. Sie blieben einige Monate unter sich. Aber dann mussten sie seine Hochzeit erleben. Seither fuchtelte er beim Dirigieren mit dem Goldreif am Finger vor ihrer Nase. Beringt wie eine Taube, angekettet wie ein Hund.

Für den Pfarrer war die Ehe ein heiliges Sakrament. Die Mädchen glaubten nicht alles. Doch sie vermuteten, ich müsse das Ein und Alles von ihrem Chorlehrer sein.

»Da er DIE genommen hat.«

So oft allein zu sein macht keinen Spaß. Ich ging zum See. Beim Schilfeinschnitt watete ich hinaus. Einmal im Mondlicht über die Goldbahn des Wassers laufen. Das war mein Traum. Es war einmal auch Charlys Traum.

Ich wurde nicht mehr von allen Bewohnern gegrüßt.

Es sprach sich in Windeseile im Dorf herum, dass es in der Organisten-Ehe krisle. Rosy will jede Minute wissen, was ihr Genie tut, denkt, fühlt. Auf der Empore hockt sie ihm wie eine Zecke im Genick.

Irene stellte sich vor mich hin, weil ich zum Betrieb gehöre. Man schwärzt nicht an, was zum Betrieb gehört. Doch sie hatte ihre eigene Art, mich in Schutz zu nehmen. Sie sagte:

»Rosy ist fleißig und jongliert geschickt mit Zahlen. Unser Chef hält sie für gescheit. Man glaubt es, wenn man ihr zuhört. Ihre Zunge ist mit Intelligenz verbrämt. So wie der Kragen an meiner Sonntagsjacke mit einem Hermelinschwänzchen und Zottelchen verbrämt ist. Ein bisschen Schein. Ihr Mann ist doch ein ganz anderes Kaliber. In sich gekehrt, tiefgründig, sensibel. Und man fragt sich, was hat der nette Organist nur in dieser Frau zu finden gehofft?«

Charly hatte das Zutrauen von Mäuschen gewonnen. Es trug jetzt einen weichen Pullover mit weitem Kragen, der die Schulterkugeln freigab. Damit wirkte es weniger kindlich. Es erzählte, dass es Blockflöte spielen könne, aber kein kleines Kind wäre, das Blockflöte spielt. Es wünsche sich ein Klavier. Vielleicht werde es Pianistin bei Hazy Osterwald. Oder aber Coiffeuse in einem Starsalon. Eher sogar beides. Tagsüber zaubere es die Frisur für eine Filmgröße, abends spiele es Klavier bei Hazy. So gehe man auf Nummer sicher.

Dabei bewegte Kitty den Kopf von einer zur anderen Seite und schlug knackend die Zähne zusammen. Wie ein Hai, der sich alles am Maul Vorbeischwimmende schnappt.

Als ich später das Tagebuch von Kitty las, stieß ich aufs Datum jenes Nachmittags. Es war als ganz besonderer Tag rundum mit roten Herzchen gekennzeichnet.

Dieses Tagebuch hatte Kitty auf der Empore liegen lassen. Die Chormädchen flatterten umher wie Spatzen, die sich ins Gewölbe der Kirche verirrt hatten und ließen ständig Dinge liegen. Mein Mann brachte das Fundstück nach Hause.

Das Kind schilderte im Tagebuch das Treffen ein wenig anders. Diese Begegnung muss ihm viel bedeutet haben.

Charly habe an dem Tag den langen Schal getragen.

Er strich mein Haar zur Seite.
Er forschte in meinen Augen.
Er kam ganz nah.
Er hat Geparden-Wimpern.
Der Wahnsinn!

Seine Lippen hätten ihre Schulterkugel berührt. Er hielt ihr seine Zigarette vor den Mund.

Mäuschens erste Zigarette. Es musste husten.

Legt Charly doch die Hand auf meine Schulter,
mitten im Dorf, wo jeder sieht, dass ich dunkelrot werde.
Ich spare für eine Dose Puder. Kalkweiß. Wie die Greco.

Er habe ihr Klavierunterricht versprochen.

Aber wo? Wann? Es ginge nur auswärts. Nur am Abend.

Er habe den Rauch zur Seite geblasen und den Stummel ausgetreten.

Er gibt Bescheid.

Am nächsten Morgen hätte Kitty die Kippe gesucht und sie in eine Zündholzschachtel auf Watte gebettet. Als Pfand für den Klavierunterricht. Sie trage es nun immer bei sich.

Dem Pfarrer blieb das Spielen von Schlagern an einem Gott geheiligten Ort nicht verborgen. Er ärgerte sich über die Entweihung der Kirche. An einem dieser Nachmittage, da der Missbrauch der Orgel wieder kein Ende nehmen wollte, suchte er die Empore auf. Die Chormädchen johlten und sangen ›Mit siebzehn hat man noch Träume‹, ›Liebeskummer lohnt sich nicht‹, ›Rote Lippen soll man küssen‹.

Der Pfarrer zerschlug die Liederratsche an der Orgelbank. Mit gesträubter Kakadu-Mähne stand er in seiner schwarzen Soutane vor ihnen. Das Gericht Gottes.

Er wies die Mädchen aus der Kirche.

Die Maßregelung fand schließlich auf dem Friedhof statt. Der Pfarrer schritt an der Seite seines dahintänzelnden Organisten eine Grabreihe aufwärts, die nächste Grabreihe abwärts und wieder aufwärts, die Hände auf dem Rücken, wild die Daumen kreisend.

Eine frisch geleimte Liedertafel zeigte am folgenden Sonntag die Lieder des Pfarrers an. Dieser stützte die Ellbogen auf den Gebetsstuhl, gab dem Luftikus auf der Empore einen Seitenblick, verbarg den Mund hinter den geflochtenen Händen und lauschte.

»Er hat erwartet, dass ich den Deckel meiner Cäcilie zuknalle.«

Mein Mann spielte alle Lieder. Keine Note ließ er aus. Am Ende der Andacht warf er den Schal über die Schulter, griff an die Krempe des Humphrey-Bogart-Huts und verneigte sich lächelnd zum Pfarrer hinab. Dieser hat das Kreuz seiner Halskette an den Mund gepresst und ist im Gefolge seiner Ministranten in die Sakristei geeilt.

»Kitty ist wie ausgewechselt«, berichtete ihre Mutter. Sie lasse die Mutter ein Stück an sich heran und stoße sie abrupt zurück.

»Sitzt im Schneidersitz vor dem Spiegel, schürzt die Lippen, biegt ihre Wimpern mit einer Zange und betrachtet sich von nah. Sie hat Mitesser. Und um die blank geriebene Ohrmuschel reihen sich Similisteine und sie will einen Lippenstift der Marke ›Honey-be pink‹. Sie umschlingt die Zottelfransen mit einem Band wie Winnetou. Sie sieht hübsch aus mit den Haarfahnen. Abends fällt sie unter dem Glanzbild von Delon auf die Knie. Ich weiß nicht, ob sie zu Gott oder eher zum Filmstar betet.«

Das Kinderzimmer sei nachts wie der Salon von Madam Benz entweder in gleißendes Licht oder in rabenschwarze Dunkelheit getaucht.

Warum?, frage die Mutter.

Nichts warum!, antworte das Töchterchen. Kitty wickelt ihr Haar um die Hand, schaut durch die Mutter hindurch und lässt den Wust aufspringen. Eine Diva.

»Seit Neuestem trägt sie spitze Tüten auf den Brüstchen, die auf den winzigen Pastillen verrutschen. Ich habe gefragt, woher sie diesen Büstenhalter hat? Keine Antwort. Kitty schaut mich mit dem belustigten und mitleidigen Blick an, den alle Töchter für ihre hinter der Zeit zurückgebliebenen Mütter haben. Zerrt am Ausschnitt herum und torkelt auf hohen Absätzen fort. Eine Femme fatale! Mein Mädchen ist aus dem Kinderzimmer spaziert, um auf der Bühne der Leidenschaften aufzutauchen.«

Kittys Mutter hatte diesen Satz irgendwo gelesen. Sie wurde von ihm verfolgt. Die Kleine war ihr Mittelpunkt. Sei es immer gewesen. Werde es immer sein. Alle Arbeiterinnen am Packtisch hatten einen Mittelpunkt, für den sie im Puderstaub ausharrten und die Schicht mit den ewig gleichen Handgriffen hinter sich brachten.

Die Kleine berichtete vom Klavierunterricht, den der Chorleiter ihr geben werde. Dass er kein Geld verlangt. Aber weil er sehr beschäftigt ist, kann er sie nur abends unterrichten.

Ob das stimme?, wollte Irene von mir wissen.

»Wenn Charly das sagt, dann muss es stimmen!«

Ich starrte zu den winzigen Oberlichtern. Der Himmel war hinter Gittern. Ein trüber Tag. In meiner Wohnung gab es Voilevorhänge, die ich zuziehen konnte, um das Gewölk nicht zu sehen.

Die Frauen setzten ihre Plauderei fort. Die Mutter erzählte, wie Kittys Vater sie verließ. Danach war die Reihe an der Mutter von Lolo, dann erzählte die nächste Arbeiterin von einem, der ging und nie mehr zurückgekehrt ist. Neu an diesen Geschichten war immer nur der Name. Ich habe mit einem Ohr zugehört.

12

Einesteils ärgerte sich Lolo, dass sie sich nicht dem Kofferplattenspieler nähern durfte. Andernteils hatte sie ohnehin keine Lust, mit Kindern herumzualbern. Sie erwartete meinen Mann beim Kiosk.

Sie habe sich verwandelt. Die Mädchen verwandeln sich immer, aber diesmal hätte er Mühe gehabt, in der Person, die aussah wie die Greco, sein Chormädchen Lolo zu erkennen.

Ihr schwarz gefärbtes Haar ließ vom Gesicht nur den Mittelstreifen frei. Dieser war kalkweiß. Die Madonnen-Augen glühten aus dunkel gemalten Löchern. Sie stand beim Kleiderständer. An jeder Hand baumelte ein Bikini am Bügel. Sie wusste nicht, welchen sie kaufen sollte. Sie schaute Charly mit trauerumflorten Augen an. Die Lappen schaukelten am Bügel.

»Auf Ideen kommen diese Mädchen!«

Nach dem Trinken des besten Kaffees und dem Kauf seiner Markenzigaretten hätte mein Mann nach Hause zurückkehren können. Doch er blieb im Café sitzen, starrte zur Bucht und füllte den Aschenbecher.

»Ich habe zu schaffen versucht.«

»Ich verstehe.«

»Das tust du nicht. Wie könntest du? Du musstest dich nie mit jeder Faser auf die innere Stimme konzentrieren.«

»Ich stelle es mir vor. Du hast dich dort den ganzen Nachmittag über dein Meisterwerk gebeugt, den Bleistift zwischen den Zähnen, wartend auf Intuition. Die Sonne rollt derweil nach Westen. Als die Sonne ihr Rotgold aufs Wasser streut, öffnen sich die Flügeltüren der Villa. Madam betritt die Bühne. Sie weiß, dass der Organist der St. Agatha hinter dem Fenster des ›Romantika‹ nach Inspiration sucht und stöckelt über den Bootssteg. An der Spitze hebt sie vor dem gleißenden See die Hände zum Kopf und richtet die Lockentolle im Nacken.

›Die Exzentrikerin vor ihrem See‹. Das ist Hollywood, das ist Timing und Arrangement.«

Doch ich konnte Charly verstehen. Ich sah meinen wunderbaren Mann vor mir. Wie er versucht, ein Werk zu schaffen. Er zerbeißt einen Bleistift, trinkt zehn Tassen Kaffee, raucht vierzig Zigaretten. Und dann, zack, hat er dieses atemberaubende Bild vor Augen.

Wandte Madam sich dem Kaffeetrinker zu?

Nein. Er hat sie bis dahin noch nie gesprochen. Er wusste nicht einmal, wie ihre Stimme klingt.

Ihr genügte es zu wissen, dass sie der Mittelpunkt seines Blickfelds ist. Sie hat sich in seinen Augen eingerichtet. Und es hat ihm den Atem verschlagen.

Ich, seine Frau?

Im meerblauen Babydoll war ich mit meinen Tollkirschenaugen hübsch anzusehen. Doch Charly bekam einen Lachanfall.

Er dreht den Kopf nach Madam. Und er sieht Kitty mit ihrem weichen weiten Pullover. Er bemerkt, dass sich seine Chormädchen von hässlichen Entlein in Schwäne verwandeln. Sogar Irene fällt ihm auf, wie sie da mit ihrem Blust-Hütchen jeden Sonntag am Weihwasserbecken auf ihn wartet und ihm mit dem vorgestreckten nassen Finger den Segen gibt, damit er auf der Empore sein Wunder vollbringt.

Womit hätte ich ihn bannen können?

Mit meinem Stapel exakt gebügelten Hemden? Mit zwei durch viele Schwalle Eiswasser gefestigten Brüsten? Mit meinem bis zur Unkenntlichkeit verzerrten Gesicht beim Liebesakt? Mit dem Gerassel meiner Sparbüchse?

Er ließ das Kirchenschiff mit Orgelmusik erbeben und erlebte die Stimmgewalt seines Chors. Zu Hause empfing ihn das Stakkato meines Schniefens, Schneuzens und Seufzens. Er filterte den Missklang einer Unzufriedenen aus dem Küchendampf. Und dann dirigierte seine Frau ihn auf ein lächerliches Balkönchen, um ihm den Mokka in lächerlichen Tässchen zu servieren.

Waren das die Verlockungen einer Ehefrau?

Ich wollte doch eigentlich ein herrliches Bild sein, das für immer in sein Gedächtnis gepunzt wäre. Die zweiundzwanzigjährige, lustige und irgendwie auch niedliche Rosy.

Ich kenne keine Capricen. Mein Gott, woher sollte ich sie nehmen! Mir fehlt ein Fingerspitzengefühl für große Auftritte. Ich musste unseren Lebensunterhalt im Sekretariat der Fabrik verdienen, um ihm den Rücken für sein Meisterwerk freizuhalten. Im Gehäuse einer Buchungsmaschine beschäftigt man sich nicht mit Kunst, sondern mit Datensätzen. Diese Arbeit ist auf Logik aufgebaut. Da ist alles klar und einfach. Es gibt Regeln und Konsequenzen.

Es ist vermessen, die Regeln der Liebe begreifen zu wollen. Dies ist mir heute klar. Doch damals habe ich Antworten ertrotzt. Ich bin bis zur Hüfte in den See gewatet, um eine jede Frage ins Wasser zu schreiben.

Wie kann ich einen geliebten Menschen halten?

Wie kann ich ohne ihn leben?

Wie schafft man es, ihn zu gegebener Zeit loszulassen?

Der Druck der Wellen schob mich vor und zurück. Selbst mit gespreizten Beinen fand ich kaum Halt. Aber wem sonst sollte ich vertrauen? Der See war immer da. Seine Zuflüsse sammelten alle Tränen, spülten sie ihm zu, und er wallte die Verwirrungen der Menschen auseinander.

Lolo trug nun am vierten Finger der linken Hand einen blinkenden Messingring. Als Minderjährige durfte sie in der Öffentlichkeit noch eine ganze Weile keine Verliebtheit zeigen. Darum hatte sie sich diese Zwischenlösung ausgedacht. Rüttelte am Kaugummikugelautomaten der Schiffsstation, bis er einen Verlobungsring ausgespuckt hat.

Mit diesem Reif wimmelte sie die Finger im Sonnenlicht. Sie erwähnte einen Verlobten, nannte aber keinen Namen.

Als sie uns auf dem Weg zur Kirche begegnete, blies sie Charly einen Kuss über den beringten Handrücken zu. Seine Fliegersonnenbrille war starr geradeaus gerichtet.

13

Man gewöhnt sich an die warmen Sommertage, das Himmelsblau, die Nächte im Freien, die luftigen Kleider, das Gelächter auf den Booten.

Man gewöhnt sich ans Wiegen der Sterne im Wasser.

Mein Mann war selten zu Hause, wenn ich von der Arbeit kam. Vor einigen Wochen war ich eine Erwartete. Die Bejubelte. Die ein Bräutigam über die Schwelle trägt. Jetzt saß ich allein am Tisch, und das Essen erkaltete.

War er im ›Romantika‹? War er an der Musikschule?

»Ich weiß nichts von dir, Charly.«

Ich legte ihm einen Zettel aufs Kopfkissen.

Er warf den Zettel achtlos fort und zog die Decke über sich. Ich hielt den Atem an und wartete. Dann rückte ich näher. Er ließ es zu und atmete regelmäßig, als ob er schlafe. Doch er lag einfach nur starr da. Ich fürchtete mich vor dem Moment, da er abrupt aus dem Bett hüpft und die Balkontür aufreißt.

Er brauchte frische Luft. Das passierte. Ich und das Zimmer waren verbrauchte Luft. Es machte mich traurig, dass er es nicht aushält, neben mir eine ganze Nacht lang wach zu liegen.

Mir gefiel es, ihn eine ganze lange Nacht atmen zu hören.

Einmal erwartete ich ihn mit bemaltem Mund hinter einem Gebüsch. Als er dann in seinen Mokassins, dem hinterherflatternden Schal und einer Zigarette zwischen den Lippen durchs feuchte Gras der Nacht angetanzt kam, verschloss ich von hinten seine Augen mit meinen Händen. Er drehte sich erschrocken um. Vor ihm stand eine Femme fatale im durchsichtigen Babydoll und mit blitzenden Lippen.

Es war schrecklich!

Er rannte nach Hause, als wäre der Teufel hinter ihm her. Auf dem Balkon zündete er sich eine Zigarette an und blies den Rauch zum Himmel. Mit der glühenden Spitze zog er eine Linie zwischen zwei Sternen. Ich wusste, dass er leidet, weil eine unermesslich große Distanz auch Sterne trennen. Und ich wusste auch, dass ich keiner dieser Sterne bin.

Ich brachte ihm eine Jacke, damit er sich keine Erkältung wegen der Vielgeliebten holt. Ich kehrte ins Bett zurück. Mein Körper versank in der Mulde der Matratze ins Bodenlose.

Ich war ein schwarzes Loch. Wir waren ein jedes dem andern ein schwarzes Loch.

Ich wollte doch eine Person sein, die alle gernhaben. Wie die Bäckersfrau, die mit dem Dorf die Sorgen teilt. Sie buk zu Hochzeiten, Taufen und Geburtstagen ihre berühmten Hefezöpfe. Und sie war einem jeden einzelnen Toten auf dem Friedhof einmal eine enge Vertraute.

Ich wollte jemand sein, wie mein Chef, der jeden Tag eine Pochette in den Stadtanzug steckt, weil er in Würde seine Fabrikhalle betreten und mit Achtung den Arbeiterinnen begegnen wollte. Für den diese durchs Feuer gingen.

Ich wollte Irene sein und Charly am Sonntag das Weihwasser geben. Einem Trupp in meinem Rücken Schutz bieten. Aber ich war die Frau Organist. Die vom andern Ufer des Sees in dieses Dorf gekommen ist. Eine Auswärtige.

Traurige Tage vergehen.

Das Leben. So ist es. So wird es immer sein. Jede Träne verschwindet in den Falten eines plötzlichen Gelächters.

14

Aus heiterem Himmel gab es einen neuen Aufstand in der Parfumfabrik. Im Lager war ›Die Frau Organist‹ ein Thema. Die Arbeiterinnen schwiegen bei meinem Eintritt in die Lagerhalle. Sie blickten erschrocken auf ihre Seifen.

Ich ahnte, dass mein Mann die Bevorzugung von Lolo übertrieben haben musste.

Irene nahm mich zur Seite.

»Lolo, alias ›Die Greco‹, hat den anderen Mädchen das Küssen erklärt. Woher hat sie nur diese Erfahrung?«

»Sie ist dreizehn. Die Buben schwärmen von ihr. Das ist normal.«

»Es ist aber nicht normal, dass sie sich mit einem Verlobten im Kursaal der Stadt zeigt. Das Paar tanzte zur Musik von Hazy Osterwald und nippte Spumante. Unter dem Tisch berührten sich ihre Knie.«

Ich drehte gelassen die Handflächen nach oben.

Irene begann zu flüstern.

»Jemand hat Ihren Mann erkannt. Wussten Sie das nicht? Eine Frau merkt das doch.«

Sie forschte in meinem Gesicht. Die Zähne auf dem Kissen ihrer Unterlippe waren mit Gift gefüllt.

Wie kommen solche Gerüchte auf? Ich habe nachgeforscht. Kitty wusste es von Gitta. Und diese von der besten Freundin Marina. Jede musste der andern schwören, die Neuigkeit für sich zu behalten. Hoch und heilig, drei Finger auf der Brust.

Plötzlich war es *das* Dorfgespräch.

Arm in Arm marschierten die Freundinnen zur Telefonkabine bei der Lände. Sie riefen Cousin Benny an, damit er Lolo auf sein Ruderboot einlade und aushorche. Sie wollten Genaueres wissen. Wie weit geht Lolo. Wie viel erlaubt sie einem Mann? Die Freundinnen legten ihr Taschengeld zusammen, denn es kostete sie ein großes Faltbild von Pierre Brice als Winnetou.

Benny lud Lolo umgehend auf sein Boot ein. Sie habe sich nicht zweimal bitten lassen. Gleich nach der Chorprobe ist sie fortgerannt. Wie erwartet. Auf knirschenden Vollgummisohlen ging Benny auf sie zu. Sein Haar war mit Brillantine zur Elvis-Presley-Tolle zementiert, die nicht einmal der Föhn durcheinanderblasen konnte. Er half Lolo galant ins Boot und ruderte dieses um den Felsvorsprung. Wieder an Land, erstattete Benny Bericht.

Außer Sichtweite des Dorfs habe er die Ruder in die Haken gehängt und Sitzkissen auf die Planken gebreitet. Er ließ das Boot im Zwielicht des bewaldeten Berghangs schaukeln. Das Wasser war wie Jade. Er nannte Lolo ›Adorata mia‹.

Wie abgemacht, fragte er sie über ihr Verhältnis zum Organisten aus. Sie lächelte nur und rutschte an der Bootswand in die Tiefe, bis sie beinah lag. Dann schlug sie den Rocksaum zurück und spreizte die Beine.

»Dort hat sie dichte schwarze Haare.«

Benny habe ihr die Zunge in den Mund geschoben.

Danach hätten sie Petting getrieben.

»Was ist Petting?«

Diese Frage irritierte Benny. Er zog den Mund seitlich hoch, ergriff das Faltbild von Winnetou und schritt wie John Wayne davon.

Im Tagebuch hält Kitty fest:

Lolo gehört nicht in einen Kirchenchor.
Überall sonst hin, aber nicht in den Chor einer Kirche.
Und wenn Benny die Kuh noch einmal berührt,
steige ich nie mehr in sein Boot.

Bei der Chorprobe war es auf der Empore unruhig. Charly war das Schubsen und Zetern von Furien gewohnt, denn jedes Mädchen wollte die schöne Singstimme nahe an seinem Ohr entfalten und sich dadurch ein Einzelgespräch verdienen. Die Bevorzugung der einen kostete ihn aber das Vertrauen der anderen, und so ließ er sich nie etwas anmerken.

Er spielte in aller Ruhe die Präludien. Lolo spreizte die Hand mit dem Messingring ihres Verlobten, zwängte sich an Kitty vorbei. Und dann sprang sie jauchzend mit den Blockabsätzen aufs Fußmanual.

Die Orgel stieß einen gellenden Misston aus, und Lolo hockte sich neben den Organisten.

»Ich musste heute die Damen zur Raison bringen!«, berichtete mir Charly. »Ich musste hart durchgreifen!«

In der Fabrik wurde mir diese Chorprobe als die Katastrophenprobe schlechthin geschildert.

Mit einem Ausfallschritt sei plötzlich Kitty hinter dem Paar gestanden. Sie habe die Greco rückwärts von der Orgelbank gezerrt. Es gab einen Kampf. Der Greco wurden beinah die Finger gebrochen. Als diese jammernd auf dem Rücken lag, setzte sich Kitty ihr auf den Bauch und schlug über dem Kalkgesicht das Haifischgebiss zusammen. Einmal hinauf, einmal hinunter.

Charly orgelte weiter. Immer weiter.

Das müsse man sich vorstellen. Umringt von Furien, hüpft er leichtfingrig über die Tastatur ans Ende der Präludien. Lolo reckt Hilfe suchend ihre Hände zu ihm hoch. Aber ihr Verlobter musiziert.

Endlich muss sie begriffen haben, dass von ihm keine Hilfe zu erwarten war. Er nimmt Lolo nicht vor Kitty in Schutz. Tränen kollerten aus den Greco-Augen. Sie rappelte sich auf, brachte die Strumpfhosen und das Besenhaar in Ordnung und stürzte auf ihren Blockabsätzen polternd die Treppe hinab. Kitty beförderte dann noch das Gepäck hinterher.

Die Tür krachte ins Schloss.

Kitty schrieb in ihr Tagebuch:

Schluss mit dem Traum von der Scala.
Lolo ist abgehakt. Adieu, Hazy Osterwald.
Adieu, Kursaalgetänzel.

Ich hatte kein Mitleid mit meinem Mann. Auch nicht mit Lolo oder mit Kitty. Ich habe mich im Stillen gefreut.

Am Sonntag plazierten wir uns auf dem Balkon.

Wie immer tranken wir den Kaffee aus unseren Röhrentassen. Zum Tanzabend mit der Greco hatte er nichts zu sagen als ›Bullshit‹. Ich habe die Mokkatasse vors Gesicht gehoben und geseufzt. Auf dem Wall drehte Kitty den Plattenspieler auf. Den ganzen Nachmittag räkelten die Mädchen sich auf einem Badetuch und schauten uns beim Eheleben zu.

Die Frau Organist ging vom Balkon in die Küche,
gab Küsschen, reichte Tässchen, servierte Kuchenstücke.
Während Charly in seinem offenen Bademantel
im Korbsessel tat, als lese er. Doch er hat nur immer
zu unserem Wall hinübergeschaut.

»Wir leben am falschen Ort, Charly. Dies ist der Arsch der Welt.«

»Wo ist für dich der richtige Ort?«

Ich wusste keine Antwort. Ohne meinen Mann gab es keinen Ort, an dem ich hätte leben wollen. Manche Leute überlegen, durch ein Wurmloch in ein anderes Universum zu schlüpfen. Doch ich frage mich, was sie dort vorfinden. Ein Paradies? Ein unendliches Schweigen? Da konnte ich ebenso gut in meinen vier Wänden bleiben.

Ich bat Charly, mir etwas zu erzählen.

»Was?«

»Irgendetwas!«

Er überlegte.

»Madam verbessert mit Yoga-Übungen ihre Atemtechnik. Wenn es ihr gelingt, den Atemreiz zu überwinden, kann sie einen Tiefenrekord aufstellen.«

Er drehte das Gesicht wieder der Sonne zu und lächelte.

»Wenn nicht? Du verlierst deine Forelle, armer Charly.«

Ich wollte erfahren, warum die Benz eine derart vergiftete Taucherin sei. Warum taucht sie in die Unterwasserwelt? Will sie bei den Fischen leben? Stört sie der Ausschluss von den Geschöpfen des Wassers? In ihrer Villa muss es doch angenehm sein. Boote kommen und gehen. Sie kann an der Nase der Dorfkinder vorbeizischen. Sie wird verwöhnt. Die frischesten Blumen, erlesensten Spezialitäten, elegantesten Kleider, ein wundervoll klingender Steinway, flötende Tauben und die immerwährende Bewunderung eines Kaffeetrinkers im ›Romantika‹.

»Welche Geistesblitze einer Buchhalterin den lieben langen Tag so durch den Kopf schießen: Man glaubt es nicht!«

Charly gab sich für den Rest des Nachmittags der Sonne hin.

Der Gedanke an Madam fesselte ihn. Schon die Vorbereitung zur Fischfütterung nahm ihn gefangen. Vom Werftangestellten ließ sie sich ihr Boot bringen. Sie trug einen chinesischen Seidenmantel, auf dessen Rücken ein gestickter Paradiesvogel flatterte. Sie lenkte das Boot ein kurzes Stück hinaus. Dort warf sie die Happen in jede Himmelsrichtung und dehnte sich dazu weit über die Bordwand. Eine Raserei glitschiger Rücken ließ das Wasser brodeln. Spritzend kämpften die Fische um die Beute. Dann ließ sie die Seidenhülle an sich herabfallen und hechtete mit gestreckten Armen und Beinen zwischen die schillernden Schönheiten.

Der Gedanke, dass mein Charly ihretwegen hin und weg war, tat mir weh.

Kitty saß im Schneidersitz auf der Spitze des Erdwalls. Seit Neuestem schrieb sie Notizen in ein Heft. Zwischendurch hob sie die Augen zu unserem Balkon und kaute mit starrem Blick auf ihrem Stift herum, als sinne sie über Formulierungen nach. Sie strich Sätze durch, fuhr sich mit den Fingern durchs Haar und riss Seiten aus dem Heft.

»Macht sie dort Aufgaben?«, fragte ich Charly.

Nein, sie machte keine Aufgaben. Die Mutter hatte ihr ein Tagebuch geschenkt. Es war ein ledergebundenes Exemplar mit Goldschnitt und Schloss, denn die Verkäuferin glaubte, dass ein Mädchen ihres Alters Momente erlebe, die es festhalten, immer wieder lesen, dabei aber vor fremden Augen verbergen möchte. Vor Mutters fremden Augen.

Diese Arbeit beschäftigte sie sehr. Es ist ja nicht einfach, eigene Gefühle zu zerlegen. Noch weniger, sie zu begreifen. All diese Widersprüche. Glück und Wut, Liebe und Eifersucht, Mordlust und Zärtlichkeit. Noch schwieriger ist es, sie mit Worten auszudrücken.

Kitty schrieb und malte, benutzte verschiedene Stifte, eine Schere und Klebstoff.

Ihre Tochter schreibe hinter verschlossener Tür, berichtete ihre Mutter. Es war aber nicht ganz so, wie sie glaubte. Das Tagebuch wurde zum Erdwall geschleppt. Dort befasste sich das Mädchen stundenlang mit diesem Buch. Und dabei ließ es sich von etwas inspirieren, das aus der Richtung unseres Balkons kam.

»Besucht Kitty den Klavierunterricht?«

Ich habe Irene gefragt. Und Irene hat die Mutter gefragt.

Ja, meinte diese. An einem Abend.

»War das ein Theater! Haare waschen, Nägel lackieren, einen Armvoll Kleider aus dem Schrank raffen. Ein Auf und ein Ab. Als getupfter Fliegenpilz ist sie endlich zum Schiff gerannt.«

»Und kann sie die Tonleiter spielen?«

Die Mutter wusste es nicht. Das Mädchen teile mit ihr keine Geheimnisse. Es sei aber spät geworden. Kitty schloss sich sofort ins Zimmer.

15

Laut dem Tagebuch erlebte Kitty in jenen Tagen einen Glücksfall.

Ich fand einen Foulard aus Seide.
Eine Taube ist eingewoben. Ich denke nicht im Traum daran, ihn Madam zurückzugeben.

Das kostbare Gewebe verströmte den Parfumhauch von Paris. Kitty trug es zur Chorprobe, und auf der Empore verbreitete sich der verführerische Duft einer Femme fatale.

Lolo hat wütend am Trompetengoldring aus dem Kaugummikugelautomaten gedreht. Charly schickte die Chormädchen nach Hause, löschte das Licht auf der Empore und stellte das Mädchen zur Rede.

»Woher hast du das Tuch?«

Sie habe es von Madam Benz. Die besitze einen Stoß solcher Tücher, sie wollte es fortwerfen.

Mit Veilchenaugen schaute die Kleine durch die Fotzelfranse und erzählte, was sie von der attraktiven Madam wusste.

Nur die Notenlampe über der Orgel brannte.

Der Organist habe die duftenden Tuchzipfel unter

Kittys Kinn ergriffen und sie näher zu sich gezogen.

Ich bin bis zur Kante der Orgelbank getrippelt. An Lolos Platz.

Er schlug einen Orgelton an.

»Wie heißt der Ton?«

»Re.«

Er schlug weitere Töne an. Kitty erriet einen jeden. Danach ließ er sie das Halleluja singen. Solo, ohne Orgelbegleitung. Er assistierte bei ihrer Atemtechnik. Dazu legte er dem Mädchen eine Hand auf den Rücken, eine auf die Brust.

So zart – o Gott!

Kitty musste tief Luft holen und einen sehr hohen, dann einen sehr tiefen Ton singen. Bei geschlossenen Augen ertastete Charly das Dröhnen. Dabei streiften seine Finger die schwellenden Brüstchen. Er ließ die Fingerkuppen langsam über die Rippenbögen gleiten und einen Augenblick auf dem zitternden Mädchenkörper verharren, der noch nie berührt worden war. Er konnte jeden leisen Schauder, jeden unhörbaren Seufzer erspüren. Die Anspannung der Sängerin ergriff auch ihn. Seine Musikerhände forschten nach empfindsamen Nervenbahnen in der Magengrube, am Bauch und um die unteren Rückenwirbel. Aus beruflichem Interesse. Als Fachmann für Chorgesang. Als Organist, der ab und zu auch die Bälge seines atmenden Orgelinstruments streichelt und untersucht.

»Wir müssen über deine Zukunft reden!«

Kitty setzte sich zu Charly auf die Orgelbank.

Es sei ein langes Gespräch geworden. Eines, das die Schulaufgaben und das Abendessen vergessen ließ.

Es erstreckt sich über eine ganze Seite des Tagebuchs.

Ich sang, so schön ich konnte. Er war so lieb zu mir.
Er wollte meine Stirn küssen, ich schob ihm blitzschnell meine Lippen zu. Ich schloss die Augen. Ich dachte, wenn er mich auf die Lippen küsst, bin ich mein ganzes Leben glücklich. Er begann mich zu streicheln. Ich rührte mich nicht. Ich wollte ihn alles tun lassen. Seine Finger glitten den Träger entlang und schoben sich unter den Ausschnitt.
Doch dann ist die Kirchentür aufgeflogen. Rums!
Ich dachte, seine einfältige Rosy platzt auf die Empore. Die nichts versteht. Mich von der Orgelbank reißt. Mit ihren abscheulichen, von der Heimarbeit zerfetzten Händen.
Aber es war nur Benny. Er hat mich gesucht.
Der dumme Bub.

So muss man sich den Abend aller Abende im Leben von Kitty vorstellen. Im Tagebuch umrankt sie ihn mit Sternen und Herzen und Blumen.

»Ich habe meine erste Sängerin durch eine andere ersetzt«, berichtete mir mein Mann. Das Mädchen Kitty sei begabter als Lolo.

»Sie hat das absolute Gehör. Ein Naturwunder.«

Zum Tanzabend mit der Greco äußerte er sich noch immer nicht. Bei unangenehmen Fragen stülpte er die Unterlippe vor. Er meinte nur:

»Ich und die Greco? Wie dumm Leute daherreden!«

Er log mich nicht an. Aber er sparte vieles aus. Ich hatte deshalb von manchen Begebenheiten ein verzerrtes Bild. Auch Kitty erzählte ihrer Mutter nur das Allernotwendigste. Bei der Chorprobe durfte sie vorsingen. Der Organist war vom Timbre ihrer Stimme begeistert. Er hat sie zum Klavierspielen ermuntert.

Ihre überglückliche Mutter erzählte am Packtisch von der wunderbaren Förderung durch den Organisten. Kitty explodiere vor Dankbarkeit. Sei wie ausgewechselt. Hüpft herum, küsst die Mutter ab und redet vor Aufregung in einem ganz hohen Ton. Dazwischen gluckst sie, weil es ihr den Atem verschlägt.

»Benny hat Kiesel zu Kittys Zimmer hinaufgeworfen. Sie öffnete das Fenster einen Spaltbreit aus Erbarmen, nur um ihn anzuweisen, sein Geschenk auf unserer Türschwelle zu deponieren. Auf den Lippen das Lächeln einer grausamen Frau.«

Sie möchte eigentlich Coiffeuse werden. Sie hat ihre Barbie-Puppen so oft gekämmt, dass sie Glatzen haben. Da die Kleine jetzt so aufblüht, falle es der Mutter schwer, sie in einem kleinen Salon als Stift Bürsten reinigen und Haare zusammenkehren zu lassen. Sie verdient Besseres. Für ein Klavier fehlt das Geld. Aber mit dreizehn Jahren hat ein Mädchen noch etwas Zeit, um einen gescheiten Beruf auszuwählen.

Zu den Chorproben erschien Kitty nun immer mit Glücksfoulard. Die weiße Taube spreizte die Flügel über ihren Kopf, und das pariserische Parfum einer Femme fatale berauscht die Musizierenden. Wenn Gipsy, Gitta, Lolo, Nina, Sonja, Marina und Coco von der Empore ins Freie stürmen, bleibt Kitty zurück.

Soloprobe mit Charly.

Ich habe ihrem Aufstieg im Chor keine Bedeutung beigemessen. Ein Kind, das gerne singt, musikalisch ist und dessen innigster Wunsch das Erlernen des Klavierspiels ist.

Die Bilder in der Galerie meiner Vorstellung hingen nicht immer, wie sie hätten hängen müssen. Beim Besuch der nächsten Probe fiel ich aus allen Wolken. Und ich musste einsehen, dass ich die weltfremde Bewohnerin meiner Buchungsmaschine bin.

Wie immer taten die Mädchen, als kauerte keine Frau Organist im Schatten des Gebläses. Die Noten waren verteilt, und die Sängerinnen um die Orgel plaziert. Da stürmte noch eine Letzte die Treppe hinauf. Ein Rumpeln und Klirren ließ alle zusammenschrecken. Notenständer und Kerzenhalter waren umgestürzt.

Das Mäuschen.

Es hatte sich im Galopp einen Weg durchs Material gebahnt und mit den Tüten von einem sehr spitzen Büstenhalter alles auf Brusthöhe Stehende umgefegt.

Jetzt war es diejenige, die das Notenblatt auf der Orgel wendete. Dabei streckte es den Hals so weit vor, dass die Spitzen ihrer Brustkegel seinen Rücken touchierten. Aufmerksam ist es der Partitur gefolgt, um im richtigen Moment den Finger vorschnellen zu lassen und das Blatt zu wenden. Als dieser Augenblick kam, erstach es meinen Mann mit den schmiedeeisernen Trichtern des BH der Marke Triumph.

Natürlich hopste Kitty nun nie mehr mit der BRAVO unter dem Arm durchs Dorf. Sie las jetzt Frauenhefte. BRAVO war für Kinder. Erwachsene interessierten sich für Maharadschas mit einhundert Frauen, die im Schaumbad ihres Privatflugzeugs splitterfasernackt über unser Dorf hinwegfliegen.

Sie habe Launen, fand ihre Mutter.

Weigere sich zu beten. Denn Gott der Herr wird ihr trotz Abendgebet nie ein Klavier ins Zimmer stellen. Er schenkte ihr das Talent, verwehrte ihr aber dessen Entfaltung.

Sie konnte aus der Ruhe heraus in die Luft springen und toben, weil sie merkte, dass die Freundinnen mit demselben Dampfer wie Charly zum andern Ufer fahren. Keine hatte Kitty informiert. Sie rannte zur Schiffstation, da war das Schiff schon im Dunst verschwunden.

Er hat mich ausgetrickst.
Träne Bindestrich Herzriss

Sie schrieb einen Zettel und deponierte ihn auf den Tasten der Cäcilie.

»Irgendein Teufel fährt jetzt immer in meine Kleine«, meinte die Mutter.

Die anderen Frauen trösteten sie. Auflehnung gegen Autoritäten ist das Privileg unserer Kinder.

Plötzlich wollte sie den Kofferplattenspieler mit niemandem mehr teilen. Sie kauerte mutterseelenallein auf dem Wall und wechselte die Schellackplatten. Sie beschäftigte sich meistens mit dem Tagebuch.

Ihre Erkundungsgänge zum Kiosk endeten immer auf dem Wall.

Sie entschuldigte sich im Tagebuch.

Ich ging hin. Nur auf einen Blick.
Zweimal stürzte die Seine ans Balkongeländer.
Hat gekeift wegen dem Lärm.

Bei etwas Glück erlebte sie den Balkonauftritt von Charly. Aber danach? Wenn wir uns in die Wohnung zurückzogen? Wenn sie allein und schlotternd auf dem Erdwall hockte?

Sie hatte viel Zeit, sich auszumalen, was ein Ehepaar in seiner Blockwohnung treibt, während sie vis-à-vis friert.

Hab die Platte auf volle Lautstärke gedreht.

16

Meine Sparbüchse füllte sich. Ich schnappte den Arbeiterinnen viel Heimarbeit weg. Aber solange ihre Kinder sich Schellackplatten, ›Honey-be pink‹-Lippenstifte und Color-Shampoo anschafften, hielt sich mein schlechtes Gewissen in Grenzen.

Mein Mann sagte, dass ihn das Klirren der Flakons und das Falzen der Kartons ins ›Romantika‹ treiben. Ich wusste es besser. Es war sein Hunger nach den Auftritten von Madam. Zum leisen Zischeln einer Kaffeemaschine hauchte er den Zigarettenrauch zur Villa, als schicke er ihr mit dieser zarten Wolke all seine Trauer und all sein Verlangen.

Ich war mit Fahrradprospekten auf dem Heimweg, als ich Kitty begegnete. Sie trug den bodenlangen Schal meines Mannes und stolperte über die Fransen. Da sie auf mich gewartet hatte, drückte sie bei meinem Auftauchen die Nase in den Schal und sog mit dem Duft des After Shave auch meinen Mann in sich hinein.

Ich erschrak. Natürlich bin ich erschrocken.

Was denkt sich mein Charly?

Für diesen Schal habe ich das Maßband an seine Schulter gelegt und bin niedergekniet, damit ihm der Schal exakt bis auf die Schuhkappen reiche. Und jetzt schlenkern die Fransen um die Storchenbeine einer Dreizehnjährigen. Die Mütter in der Fabrik sind nicht blind.

Der Musikus und unsere Kinder!

Die Frau Organist und ihr Babydoll-Hemdchen. Sie ist ja selbst noch ein Kind! Heilige Einfalt! Hat der Mann denn keine Augen im Kopf für eine richtige Frau?

Irene hat mit meinen Lieferscheinen ihren hochgewölbten Ausschnitt gefächelt. Und zur Bekräftigung ihrer Verachtung einen Schokoladezinken abgebissen.

Ich musste an mich halten, um ihr den Wust nicht wieder aus der Hand zu reißen und um den Kopf zu schlagen, linksrechts, ritsch und ratsch um den frisch frisierten Lockenkopf. Was habe ich, die Sekretärin der Fabrik, im Lager bei den stolzen Müttern von Goldkehlchen zu suchen? Warum zitiere ich eigentlich die Vorarbeiterin nicht an meine Buchungsmaschine?!

»Du ziehst ein Gesicht!«, fand mein Mann.

»Wo ist dein Schal?«

Er schaute mich durchdringend an.

»Seit zehn Minuten rede ich mit dir über meine Autofahrstunden. Und keine Antwort. Nur die Frage, wie der Schal an den Hals eines Mädchens kommt. Und nichts als Blitz und Donner in den Augen. Wir könnten zusammen in einem Auto durch die Welt fahren und glücklich sein. Man lebt nur ein einziges Mal. Wir klatschen zweimal in die Hände. Dann ist alles vorbei!«

Seufzend ließ er die Schuhe zu Boden fallen. Er beklagte sich, weil jeder seiner schönen Vorschläge an meiner schlechten Laune abpralle. Ich würde nur an ein Halstuch denken. Doch er hat es mit Kindern zu tun, die ihm Zettel schreiben und den Schal wegschnappen. Sie stromern mit dieser Trophäe stolz durchs Dorf, weil sie diese für den Schlüssel zu einer wunderbaren Zukunft halten.

»Ich bin müde und gehe zu Bett.«

Er war nicht müde. Mit offenen Augen ist er dagelegen, die verschränkten Hände unter dem Kopf. Manchmal schickte er einen Seufzer zur Decke.

Ich verstand: Er braucht kein Fahrrad. Er will ein Auto. Er träumt vom Amerikaner der Benz. Sieht sich darin über die enge Seestraße schaukeln. Und leise singt ihr Autoradio ihn in den Schlaf.

17

Ist uns ein Ort im Leben in die Hand geschrieben? Oder überfällt uns das Schicksal von hinten?

Gibt es eine Ordnung?

Gibt es ein höheres Geschöpf?

Gibt es eine himmlische Buchungsmaschine, in der sich dieses Geschöpf jauchzend von einem Satz zum andern hebelt?

Charly schlug sich die Hände auf die Ohrmuscheln, weil man mit mir nicht ernsthaft reden kann. Er schickte mich zum Pfarrer.

»Red mit ihm!«

An grauen Tagen war der See trüb, der Nebel hing bis aufs Wasser. Die Feuchtigkeit schlug mir aufs Gemüt, und ich hatte den Eindruck, das Ried wachse mir über den Kopf.

»An keinem Ufer ist es dann angenehm, Rosy.«

»Aber das kleine Dorf ist verlorener als andere Orte. Da ist das Ende der Welt.«

Ich bin in den See hinausgewatet und habe diesem Fragen gestellt. War ich jemals eine Vielgeliebte?

Ich malte Buchstabe um Buchstaben. Aufstrich, Abstrich, Fragezeichen. Ich hoffte, der See würde mir Hoffnung zuschürfen. Doch woher sollte er sie nehmen!

An diesen Tagen dehnte mein Heimweg sich in die Länge. Und ich hatte große Lust, vom Fußpfad ins hohe Schilf abzubiegen und nie wieder aufzutauchen.

Meine Hände waren feucht von Schweiß, Müdigkeit und Tränen. Die Tage versickerten. Ich ging zur Arbeit. Ich kehrte in die leere Wohnung zurück. Ich kroch im Babydoll ins Ehebett und wartete.

Irgendwann kam er. Er kam immer irgendwann.

»Wieso erst jetzt?«

Er zog seine Brauen hoch und biss die Lippen zusammen.

So viele Fragen. So viel Unverständnis. So viel Kleinlichkeit. Er gab zu, dass er einem Chormädchen im ›Romantika‹ einen Eisbecher bezahlt habe, vielleicht zwei.

»Und wenn es zehn wären. Ist es der Rede wert?«

Er senkte gequält die Lider.

»Ja, du musst Erwartungen erfüllen. Die verstimmte Orgel, das verflixte Studium, der resolute Pfarrer. Du musst eine junge Ehefrau zufriedenstellen und dein Meisterwerk erschaffen. Der Dom liegt noch in weiter Ferne. Das Taschengeld reicht kaum für die Zigaretten, geschweige für einen Eisbecher. Das ist alles nicht einfach. Du bist jung. Und hast noch nichts vom Leben gehabt. Ja, du rebellierst. Du willst leben, ehe du stirbst.«

So redete ich.

Ich sank auf den Bettrand.

Es war erbärmlich, wie ich meine Wünsche zurückstellte und meinen Mann tröstete. Ich verholzte mein Inneres, um seine verletzte, nach Harmonie hungernde Komponistenseele zu wärmen.

Augenwasser befeuchtete den Saum seiner Wimpern. Er tat sich leid. Was hatte ich erwartet? Dass er sich mir zuwendet? Sich erkundigt, was eigentlich ich in der Dreizimmerwohnung treibe, während seiner Abwesenheit?

Wie sind deine Tage, Schatz?

Oh, die sind wunderwunderbar. Einmal rums mit dem Besen in alle Ecken, dann das Frühstück würgend im Laufschritt zur Fabrik, auf die Sitzbank vors Buchungsungetüm und rums der erste, zweite, dritte Buchungssatz, jeder wie ein Schuss. Zu Hause lecke ich Rabattmarken, frische den Humphrey-Bogart-Hut auf und wasche deine Unterhosen. Ich schaue zum ›Romantika‹.

Sonntags sacke ich dann mit entzündeten Augen auf den Balkon in der Größe eines Badetuchs mit Blick zum Wall, und so weiter, und so fort. Wochen. Monate. Ein halber Sommer. Und vielleicht das ganze Leben.

18

Wie hat Kitty sich die Waffe besorgt? Wann? Wir haben es nie herausgefunden. Sie schwieg sich aus. Vielleicht hatte sie diese schon in der Tasche, als sie mit Charly vor dem Eisbecher mit Kugeln in verschiedenen Aromen hockte. Sie schleckte das Schirmchen sauber, schlenkerte die Füße unter dem Tisch, und der Wind spielte mit den Haarfäden der kindlichen Schießwütigen.

Vielleicht wusste sie bereits, von welchem Standort aus sie die Frau Organist vom Balkon knallen wird?

Ich habe gelesen, dass es nur sechs Motive zum Töten gibt. Angst, Rache, Habsucht, Neid, Hass und Liebe. In Kittys Fall muss es eine Vermischung von allem gewesen sein. Sie erwähnt im Tagebuch jene Eigenschaften, die sie besitzt, Charly aber fehlen. Kaltblütigkeit, Mut und Entschlossenheit. Er sei anders. Wendig. Einlenkend. Ein Strahlemann.

Ihre Mutter war ahnungslos. Die durfte das Kinderzimmer nicht betreten, das Tagebuch nicht lesen, die persönlichen Utensilien nicht durchsuchen.

»Mein Mädchen wird zur Frau.«

Alle Mütter sagen einmal im Leben diesen Satz. Sie erinnern sich an den Augenblick, da es ihnen bewusst geworden ist, aber wann genau dieser Wechsel geschah, das wissen sie nicht. Mit dem Schulabschluss? Mit dem gültigen Ausweis fürs Kino Rex? Als ein Mann die Tochter an seiner Zigarette ziehen ließ? Oder da seine Lippen ihre Schulterkugel streifte? Ihr gestand: dass sie ein wunderbares Timbre in der Stimme habe.

»Du wirst meine Solistin sein.«

Ich habe die Verzweiflung der Mutter erlebt. Sie zerbröselte ihr Pausenbrot am Arbeitsplatz und war kaum zu trösten. Ihre Kleine hatte in der Stadt Stiefelchen entdeckt, wie nicht einmal Madam Benz sie trage. Diese Stiefel sind aus gelochtem Leder, das sich in einer eleganten Welle um die Waden formt, haben Fadenspulabsätze und Schlittschuhschnürung. Dieses extravagante Modell sei nun ihr allergrößter Wunsch. Doch der Mutter sind sie zu teuer.

Das Mädchen habe sie weggestoßen.

Beim Frühstück heulte sie in die Tasse. Heulend ging sie zur Schule. Die Mutter rannte in den Coiffeursalon, um wenigstens das Lippenrosé ›Honey-be pink‹ und einen Gold-Nagellack zu kaufen. Kitty verzerrte ihr Gesicht zu einem schniefenden Lächeln, begann aber sofort wieder zu weinen.

»Als ich in ihr Zimmer schaute, lag sie auf dem Bett, das Gesicht mit dem Foulard von Frau Benz bedeckt. Sie wollte mich nicht sehen. Nie mehr!«

19

Mein Liebster vergaß zum ersten Mal eine Chorprobe. Er klebte am Fenster des ›Romantika‹. Madams Anblick wog den Gesang der Goldkehlchen auf. Was war denn schon der makellose Ansatz einer knospenden Mädchenbrust gegen die pralle Wölbung ihrer Bluse.

Sie war unfassbar, niemandem verfallen, niemandes Eigentum. Und sie versetzte ihn jeden Tag von Neuem in Staunen.

Ich muss zugeben, dass mich Charlys Pflichtvergessenheit verwirrte. Und alles wegen einer alten Frau. Ich bin jung, habe ich mir gesagt. Ich muss mich nicht mit Vogelduschen und Apnoetauchen in Szene setzen. Ich habe andere Eigenschaften, die mein Mann schätzt. Fleiß, Sparsamkeit, Vernunft, Witz und Geschicklichkeit. Ich bin treu und anhänglich wie ein Hund. Außerdem habe ich Phantasie. Gelegentlich übertreibe ich.

Natürlich biete ich keine Überraschungen. Ich bin ein offenes Buch. Zum Gähnen. Wenn ich ehrlich bin, habe ich als Objekt seiner Lust schlechte Karten.

Meinen Besuch der abendlichen Chorproben wehrte mein Mann jetzt immer ab.

»Bleib zu Hause, Schatz!«

Er küsste meine Stirn und tanzte aus dem Haus. Ich war hin- und hergerissen zwischen meiner Heimarbeit und dem Anblick seiner Entfaltung. Die Empore war eine andere, eine verborgene Welt. Sein Glücksgesicht gehörte zu dieser Welt.

Er schloss mich aus. Dies gefiel mir nicht. Eigentlich hatte er zwei Lieben. Oder sogar drei. Die Madam, der Chor und Rosy als Numero drei.

Trotzdem besuchte ich die Abendprobe.

Ich machte mich hübsch.

Auch die Sängerinnen putzten sich heraus. Sie waren ein lebhafter Haufen von Titelbildmädchen aus der BRAVO. Getupft, gestreift, geblümt tanzten sie um Charly. Während ich mich in meinem selbst genähten Trapezkleid in die Ecke drückte: ein graphisches Zeichen.

Sie musterten mich. Keine grüßte.

Wenn Charly die Knöpfe seines Manuals einstellte, trippelten die Tellerröckchen zur Orgel und staffelten sich um ihn auf wie Pilze am Baumstrunk. Er verschwand in dieser schwammigen Schicht. Sie saugen ihn auf. Er kann sich nie wieder unter ihnen hervorarbeiten. Bis zum letzten Atemzug muss mein Liebster sich auf der Orgelbank von St. Agatha wälzen. Er orgelte und orgelte. Die gestaffelten Pilze wippten und wuselten.

Mir ist schlecht geworden.

Ich weiß nicht, welcher Teufel in diesem Augenblick in mich gefahren ist. Die pure Verzweiflung. Das tiefste Grauen.

Ich bin aufgeschossen, habe einen Armvoll Umhängetaschen, Notenhefte und das Gurkenglas von Lolo zusammengerafft und alles über die Balustrade gekippt. Dann klatschte ich vor den erstaunten Mädchen meine Hände sauber, richtete mein Trapezkleid und verließ die Kirche.

Die Tür krachte hinter mir ins Schloss.

»Die Frau Organist hat Launen.«

Mein Mann richtete für einige Tage kein Wort mehr an mich. Ich war die störende Rille auf der Schellackplatte seiner Engelsstimmen. Er vergeudete sein Genie mit der Einfrau-Besatzung einer Buchungsmaschine. Er hätte Besseres verdient. Musik mit der Benz auf dem Salonflügel und eine Hundertschaft Goldkehlchen in einem Dom.

In der Fabrik starrten die Arbeiterinnen verstohlen auf meinen Bauch. Wenn ich zur Toilette rannte, warfen sie einander vieldeutige Blicke zu. Der Fabrikbesitzer hasste Änderungen beim Personal. Schwangerschaften brachten ihm nur Ärger. Ich fand auf meinem Pult Bücher zur Fortbildung vor.

Wünschte ich mir ein Kind?

Ich habe manchmal mit dem Gedanken gespielt. Das Aufziehen stellte ich mir schwierig vor. In unserer Fabrik erlebte ich genügend Beispiele.

Charly bewunderte junge Mütter. Ich malte ihn mir gern als Vater aus. Er würde sich hingebungsvoll um unser Kind kümmern. Doch er blockte jedes Gespräch in dieser Richtung ab. Es sei zu früh. Nach dem Studium vielleicht. Als Domorganist. Mit einem guten Salär. Wenn wir dem Kind eine Zukunft bieten können.

Wäre ich eine gute Mutter? Natürlich stellt man sich diese Frage.

Nein, sagte Charly. Dein Blick zum Erdwall spricht Bände. Du bist nicht dazu begabt. Hast nie mit Puppen gespielt. Nie Kinder gehütet. Und bei meinen Chorschülerinnen stellst du dich so unbeholfen wie nur möglich an.

20

Kitty übte das Töten. Und ließ mich zusehen. Ich sollte mir klarwerden über ihre Gefährlichkeit. Ihre Eiseskälte und Macht.

»Du bist verrückt, Rosy.«

Sie hat ihre Barbie ermordet.

»Du übertreibst maßlos!«

An diesem Nachmittag herrschte auf dem Erdwall ungewohnte Stille. Ich habe nachgeschaut. Womöglich war ein Unglück passiert. Nur Kitty war dort. Sie kauerte in ihrem Erdloch und spielte wieder einmal mit ihrer Barbie. Gewöhnlich zog sie ihr neue Kleider an, aber nicht an diesem Tag. Ihr Umgang war grob. Sie kniff und schlenkerte und misshandelte beharrlich ihre Puppe. Mit einem herausfordernden Blick zum Balkon griff sie zur Schere. Sie zerschnippelte den Glatzkopf. Nach jedem Schnitt lachte sie zu mir herauf.

»Das bildest du dir ein, Rosy!«

Ich habe meinen Mokka getrunken. Schließlich geht mich die Zerstörung eines Spielzeugs nichts an. Meine Unaufmerksamkeit machte die Kleine jedoch wütend. Sie kroch aus dem Erdloch und positionierte sich mit gegrätschten Beinen vor unserem Haus. Sie wartete, bis ich mich über die Balkonbrüstung lehnte, um sie fortzuscheuchen. Lächelnd hob sie mir die zerstörte Barbie entgegen. Mit einem heftigen Würgegriff riss sie den Kopf ab und zertrat ihn.

»Ein Kind halt.«

Das Tagebuch liefert die Erklärung.

Kitty hatte einen schlechten Tag. Sie wollte zum Konzert von Hazy Osterwald. Wie Lolo. Sie hat meinen Mann um Begleitung gebeten, weil sie noch nicht achtzehn Jahre alt sei. Man lasse sie nicht hinein.

Charly sagte ›Nein‹.

Die Kleine weinte. Sie erklärte, dass ihr Cousin Benny ihr angeboten habe, sie zu begleiten.

Er macht mir Geschenke. Vielleicht hat er Absichten.
Wenn er nur ein ganz kleines bisschen wie Charly wäre.
Aber er beherrscht tausend Worte Französisch und will
Karriere machen.
Eines Tages besitzt Benny ein Scheckheft und einen
Pelikanfüller. Als Erstes kauft er mir einen kleinen weißen
Hund, den ich in der Beuteltasche immer mit mir
tragen kann. Ich knüpfe ihm ein Seidenband in den
Schopf und nachts kuschelt er sich an mich.
Der liebe gute Benny wird mir auch ein Klavier kaufen
und die Schnürstiefeletten zu sechzig Franken,
die ich in der Stadt gesehen habe.
Im Augenblick aber weiß Benny nicht, wohin es ihn
berufsmäßig verschlägt.
Und vielleicht treibt er es mit Lolo.

Nach dieser Story muss wieder das Klavierspiel zur Sprache gekommen sein. Die Gratisstunden. Das Versprechen in Form eines Zigarettenstummels, den sie für immer und ewig aufhebt. Natürlich wurde für dieses Vorhaben ein Flügel benötigt. Den gab es nur bei der Benz. Charly habe das Mädchen zur Madam geschickt. Es soll fragen.

Kitty ist losmarschiert. Schnurstracks zur Villa.

Aber Madam war nicht in der Villa. Oder schlimmer, sie war da, ließ aber das Mädchen am Tor stehen.

Kitty habe sich zu Hause ins Zimmer geschlossen. Ein rabenschwarzer Tag. Sie überlegte sich, warum der Organist die Lolo ins Konzert begleitet, sie jedoch nicht.

Die Frau lässt ihn nicht.

Die verdammte Rosy gönnt mir seine Liebe nicht.

Sie packt die Barbie und knöpft sich die Schuldige vor.

Ich bin gut im Ausmalen von Katastrophen. Mein Mann schlug sich die Hände vors Gesicht und seine Mundwinkel zuckten. Sollte er das Mädchen trösten? Ihm mitteilen, dass es im nächsten Hochamt solo singen darf? Es ins ›Romantika‹ zu einem Eis einladen? Oder gar ins Kino begleiten?

»Denk nicht daran!«

Er erschrak über meinen ungewohnt scharfen Ton. Ausdauernd starrte er nun auf meine zersplitterten Nägel. Die von den Farbbändern der Buchungsmaschine verfärbten Finger widerten ihn an.

21

Hat das Unglück einen Anfang? Du erwachst eines Morgens, reibst die Augen und fragst: Wohin ist mein Glück verschwunden?

Ich wollte keine Rabattmarken mehr für meinen Mann kleben, sondern mir einmal im Monat eine Maniküre gönnen. Ich schwor, besser auf mich zu achten. Ich schmiedete einen Plan.

Punkt eins: Ich spaziere allein zur Villa.

Punkt zwei: Ich sammle Eindrücke.

Punkt drei: Ich erwäge, worin ich mich verbessern kann.

Madam trug das Futter für ihre Lieblinge auf dem Silbertablett durch den Garten. War es wirklich ein Ochsenherz, das sie Stück um Stück ins Wasser warf? War es dasjenige von Charly? Oder mein eigenes?

Nach der Fütterung wandelte sie durchs Sprenklergeriesel. Dann standen Yoga, Tauchgang, Anlieferung mit Schnellboot und Ausflug im Rosa-Amerikaner auf ihrem Programm. Danach flammte in ihren ungenutzten Zimmern das Licht auf. Dann zog sie ihr Abendkleid an und setzte sich an den Flügel.

Ihr Tag war getaktet.

Ich musste mehr Bewegung und Farbe in unseren Tageslauf bringen. Mein Arbeitstag war geregelt. Eine Stempeluhr hielt fest, wann ich in der Fabrik eintreffe, wann ich sie verlasse. Der Haushalt gehörte zur Pflicht. Die Heimarbeit war freiwillig. Ich verfügte trotzdem über freie Zeit. Bisher hatte ich diese am liebsten auf der Empore verbracht. Manchmal saß ich auch untätig auf dem Balkon.

Eigentlich nahm ich die Tage, wie sie kamen. Mit der Zeit nisteten sich Gewohnheiten ein. Mein Innehalten am Steg, mein Zu-unserem-Balkon-Zurückschauen, mein Mokka aus der Röhrentasse.

Im Grunde war ich ein still kreisender Planet und erregte niemandes Interesse. Während sich Madam als Arrangeurin ihres Tages erwies. Sie lieferte Gesprächsstoff, fesselte alle und hielt die Aufmerksamkeit der Bewohner wach. Selbst Kitty hing an ihrem Gitter. Aber sie war eine Fremde im Dorf. Eine arme, gottverlassene Frau.

»Spürt sie ihr Altern? Ihre Leere, die ersten Risse in ihrem Hollywood?«, habe ich Charly gefragt. »Sie kann ihre Villa dekorieren, beleuchten, sich darin in Szene setzen und wieder in der Dunkelheit verschwinden. Im Grunde ist sie das Phantom ihrer Kulisse. Sie will vielleicht nicht wahrhaben, dass sie nie ein Unterwassergeschöpf sein wird. Falls sie zu tief taucht, biegt der Druck ihr Trommelfell nach innen und sie verliert die Orientierung. Der Fischschwarm zerstiebt in alle Richtungen, wenn sie dazwischen springt. Im Vogelkäfig ist ihre Anwesenheit nur geduldet, weil den Tauben keine Fluchtmöglichkeit bleibt.«

Mein Mann hörte zu. Oder auch nicht. Er rührte sich nicht. Er lehnte den Nacken aufs Kissen zurück. Die Fliegersonnenbrille verbarg seine Augen.

Gewöhnlich spulten sich unsere Sonntage einer wie der andere ab. Tiefe Ruhe. Gutes Frühstück. Mein Mann setzte den Humphrey-Bogart-Hut schräg auf den Kopf. Ich schlang mein Band ins Haar, und dann gingen wir zusammen zur St. Agatha. Wir waren immer die letzten Kirchgänger. Beim Tor schnippte Charly seine Zigarette ins Gebüsch, nahm das Weihwasser von Irenes Finger und rannte zwei Stufen aufs Mal nehmend zur Empore hinauf. Er hatte nie Zeit, sich einzuspielen. Seine Cäcilie gellte auf, und die Mädchen sangen die Messe.

Aber plötzlich war nichts mehr wie zuvor.

Die Orgel spielte ungewohnt leise eine so zarte und leichte Melodie, dass der Pfarrer seine Hornbrille auf der Schläfe zurechtschob und den Kopf zur Empore wandte. Man konnte sogar den Schritt zur Balustrade der Solosängerin hören. Leise begann sie zu singen. Die vereinzelte Stimme klang dünn und kindlich und verlor sich im Gewölbe. Dann gewann sie an Sicherheit, wurde kräftig, dehnte sich aus. Plötzlich war die Kirche vom Gesang dieses Mädchens erfüllt.

Alle Besucher drehten sich zur Empore. Dort zeigte sich ein von Fotzelfransen behangenes Gesicht.

Das Mäuschen.

Es neigte anmutig den Kopf. Sein Haar fiel nach vorn und schloss sich ums kleine Kalkgesicht.

Es herrschte Stille. Staunen. Verwunderung. Man war nicht gewohnt, in einem Gotteshaus zu klatschen. Die

Mutter hatte beide Hände auf den Mund geschlagen. Auf Irenes Käseschachtel zitterten die Blumen und auf den Nylonfäden wippten die Perlen.

Die Bäckersfrau hauchte in die gefalteten Hände ihr ›Wunderwunderschön‹.

Wir waren alle gerührt, weil die Kleine so bescheiden auftrat. Denn schließlich hatte sie gerade die Bühne betreten und sich in die Herzen der Bewohner gesungen.

Irene erwartete mich am Ausgang, fingerte an ihren Spitzenhandschuhen und fragte:

»Wir besitzen eine Nachtigall in unserem Dorf. Wie konnte Ihr Musikus ein Talent dieses Formats so lange überhören?«

Man redete jetzt von der ›Schönen Stimme‹, vom würdevollen Hochamt in der St. Agatha, vom Chor und vom talentierten Organisten.

Dies kam auch Madam Benz zu Ohren, und sie betrat zum ersten Mal das ›Romantika‹. Sie wollte mehr über den Kaffeetrinker erfahren.

Kitty lungerte beim Kinoplakat. Natürlich erwähnte sie das Treffen im Tagebuch. Sie beschreibt die Erscheinung der Madam.

Sie trug ein pistaziengrünes Chanel-Kostüm, viele Ketten und ein Pillenhütchen in Fraise. Die hohen Absätze der Riemchenschuhe ließen nur ein gemessenes Schreiten zu.

Als Erstes sei sie zur Jukebox gestöckelt. Sie habe eine Schallplatte gewählt. Dann habe sie sich an einen freien Tisch gesetzt und ein Kännchen Tee bestellt.

Charly starrte wie ein hypnotisiertes Kaninchen zu ihr hin. Die Benz interessierte sich nur für den See.

Für sie war er überhaupt nicht da.

Zu dieser Beschreibung hat Kitty ein langes Rechteck mit Deckel, zwei Beinen und vielen Ketten gezeichnet. Sie erwähnt auch die Schallplatte. ›Mylord‹.

Sie hat den gleichen Geschmack wie ich.

Während die Piaf das Lied sang, hielt sie die Tasse vors Gesicht und schaute auf den See. Erst als er eine Zigarette anzündete, habe sie den Kopf kurz zu Charlys Tisch gedreht. Sie wedelte den Rauch fort, aus Sorge um ihre Taucherlunge. Sie erhob sich abrupt. Beim Gehen sei sie dann aber an seinem Tisch stehen geblieben. Er blies den Rauch zur Seite, die Zigarette spreizte er zwischen den Fingern von ihr weg. Sie überflog das Notenblatt, das vor ihm lag. Drehte es sogar zu sich, um die Notenschrift zu lesen. Sie habe gelächelt und etwas gesagt, das Kitty nicht verstand, dem Organisten jedoch schmeichelte.

Er hat die Nase gekräuselt. Das macht er auch bei mir. Wenn ich so schön singe, dass er mich am liebsten umarmen möchte.

Madam habe ein Scheckheft aus der Tasche genommen, den Füller aufgeschraubt, eine Augenbraue gehoben, ihre Unterschrift gekritzelt und den Scheck herausgerissen. Diesen habe sie gegen das Notenblatt eingetauscht. Madam war tief befriedigt.

Charly war unsäglich verdutzt.

Kitty hat diesen Augenblick in ihrem Tagebuch auf den Punkt gebracht.

> *Madam erwarb die Komposition eines hoffnungsvollen Musikers für ihr delikates Hollywood.*

Aber sie hatte die Rechnung ohne den Wirt gemacht. Noch ehe sie die Tür erreichte, zerriss der Komponist den Scheck. Er tat dies auffallend langsam, ließ dabei die Dame in Pastell keinen Moment aus den Augen.

Oh, ich kenne ihn. Es war sein Konzert. Und er war ein begnadeter Dirigent.

»Madam, ich habe dieses Stück für Sie komponiert. Allein für Sie!«

Sie ist die Frau, für die ihm Melodien einfallen. Für Frauen wie sie werden überhaupt erst Flügel und Orgeln und Pfeifen gebaut. Für sie entlocken Männer den Instrumenten Musik. Ihretwegen sterben sie.

Schön wird mein Liebster geredet und für jedes Wort die passende Tonlage gewählt haben. Er versteht es, jedes Fitzelchen zu vergolden und verbrämen, während die Engel dazu auf der Violine geigen.

Das ist mein wunderbarer Mann!

Madam muss in ihm einen Ebenbürtigen erkannt haben. Sollte sie sich zu diesem Verrückten hinsetzen? Oder das Weite suchen? Sie hat sich weder fürs eine noch fürs andere entschieden. Mit dem Notenblatt deutete sie zuerst auf Charly, danach auf die Villa. Sie seien zusammen aufgebrochen, schreibt Kitty.

So beginnen Verstrickungen. Nebenbei. Ohne Plan. Spontan.

Ob es geheime Fäden zwischen Menschen gibt, weiß ich nicht. Aber Charly ist überzeugt, dass zwei Fremde einander in die Augen schauen und im Innersten getroffen sind. Mir war das nie passiert. Aber Charly. Er wusste schon immer, dass er auf eine Bestimmte wartet.

»Ich war nie diese Bestimmte. Ist es die Fisch-und-Vogelfrau?«

Ich habe den Goldknopf seines Blazers gepackt und mich an seine Brust gezogen. Sein Mund verhärtete sich zu einem Strich.

Die Buchhalterin stellt unbegreifliche Fragen. Muss das sein? Er absolviert ein anspruchsvolles Studium, entlockt der Orgel eines Provinznestes hohe Kirchenmusik, leitet einen Chor von mäßig talentierten Gören und opfert dafür sein Meisterwerk.

»Dann kommst du und löcherst mich mit Fragen.«

Er hat meine Finger gelöst, mich fortgeschoben, ist durchs Treppenhaus gestürmt und in der St. Agatha ins Gehäuse von seinem Aerophon gesunken.

Dort verlor er sich in Träumen.

Plötzlich las mein Mann Bücher, die das Unterwasserleben schilderten und die Notfälle beim Tauchen. Bei einer Lungenüberdehnung kann Luft in den Blutkreislauf gepresst werden. Dies führt zum Tod.

Ich war überrascht, dass er sich Themen verbunden fühlte, die wir beide zuvor nie nur mit einem Gedanken gestreift hatten.

Madam regte ihn zu Gedankenflügen an.

Hätte er mit mir von Anbeginn der Ehe über solche Dinge geredet, so hätte ich fasziniert zugehört. Wir hätten den Goldenen Schnitt studiert, die Verästelung einer Vogelfeder unter dem Mikroskop untersucht, die Beschaffenheit der Sterne ergründet und uns Zeit für die abendliche Malerei der Sonne genommen. Viel Zeit.

Aber jetzt konnten die Wunder der Natur nicht warten, bis ich die Zwiebeln gehackt, das Fleisch angebraten und seine Socken aus der Waschmaschine geholt hatte. Er zog allein los. Er konnte das Lichtspiel nur in der Bucht vor der Villa verfolgen.

22

Hochsommer.

Die Hitze versengte das Schilf an meinem Weg. Die Geranien in den Blumentöpfen verdorrten, wenn sie nicht zweimal am Tag begossen wurden. Vor der Kirche schmolz der Teer, und Irene blieb mit dem Absatz darin stecken.

Charly besuchte seine Vielgeliebte.

Doch sie nahm sich weniger Zeit fürs Zusammensein, als er es sich wünschte. Jetzt lockte der See. Dem Orgelkonzert blieb sie weiterhin fern. Ich war beruhigt, dass es ihm nicht gelang, sie in die St. Agatha einzuladen. Ich konnte mir einreden, mein Mann bedeute ihr nichts, da sie ihre heilige Messe bei den Fischen und Vögeln zelebrierte.

Was tat sie den ganzen Tag?

Sie kommandierte Bootsführer, Delikatessenhändler und Bankbeamte. Der Organist von St. Agatha unterhielt sie zwar mehr als der Tresorangestellte, der einmal im Monat ihre Blechbox auf Brusthöhe vom Fach zum Separatraum und zurück zum Fach trug. Aber sie hatte wohl kaum jemals Herzklopfen und schlaflose Nächte wegen Charly. Ihr gefiel der jugendliche Verehrer. Der feurige Lover Boy.

Natürlich musste es ihn gekränkt haben. Er war mehr als eine hübsche Schlaufe an ihrem Hollywood-Dekor. Mehr als eine nebensächliche Leidenschaft. Sondern ein Mann, der an sein Genie glaubte. Er war fast schon sicher, dass die Welt einmal vor seinem Meisterwerk in die Knie sinken würde.

Vor allem war er ›Mein Ein und Alles‹.

Der Pfarrer steckte keine Lieder mehr in die Tafel. Wozu? Sein Organist spielte, was er wollte. Charly rannte zwei Stufen auf einmal zur Empore, warf den Schal in eine Ecke, richtete die blauen Augen auf seine zartschultrigen Chormädchen und kräuselte voll Erwartung die Braue.

Meinen Platz in der Kirche wählte ich so, dass ich die Orgel auf der Empore sehen konnte. Den Kopf neigte ich immer leicht zur Seite, wie andere Frauen auch. Es gab eine Kniebank. Alle knieten sich hin. Auch ich. So wie ich es seit jeher gewohnt war. Aber jetzt, da ich so stolz auf meinen orgelnden Mann war, fiel mir meine demutsvolle Haltung als Buchhalterin auf, deren Bilanz zur Prüfung vorliegt, Soll und Haben, die geschuldeten Guthaben und die nie gestellten Rechnungen eines Frauenlebens.

Die Mokassins meines Mannes tänzelten über die Orgelpedale, der Chor sang, und die Kirche war voll.

»Er säet nicht und erntet nicht«, predigte der Pfarrer auf der Kanzel. Sein Organist lauschte mit Hut auf dem Kopf und verschränkten Armen im Kreis seiner Goldkehlchen der Predigt. Vor dem Wall der Orgelpfeifen schaute er zufrieden auf die Gläubigen.

Irene kniete in der vordersten Reihe. Auch sie in der Haltung einer Frau, die einer höheren Instanz all ihre

Guthaben zur Prüfung vorlegen muss und ein Donnerwetter erwartet. Das Blust-Hütchen drehte sich bei jedem Solo von Kitty zu meiner Kniebank.

Und nach der Messe setzte Charly seine Fliegersonnenbrille auf. Er ließ sich von Madam im offenen Amerikaner zum Apero ausfahren. Sein Schal flatterte hinterher. Vom Balkon aus sah ich ihn vorüberrollen. Er erinnerte mich an den jugendlichen Delon mit seinem Hang zum Legeren. Ein Leinwandheld, ein Fremder. Pfeifend schwenkten die Weißwandreifen über die kurvige Seestraße. Pünktlich zum Mittagessen kehrte er nach Hause.

Bennys Boot lag den ganzen Tag vor der Bucht. Er war bei den Mädchen nicht sehr beliebt, wegen der Pickel im Gesicht. Doch er besuchte Literaturkurse, schrieb Gedichte und schmuggelte diese in die Badetaschen der Mädchen. Braun gebrannt hüpfte er über die Felsen. Immer wuchtete eine Zigarettenschachtel die knappe Badehose aus, und ein Fotoapparat pendelte an seinem Hals. Kitty puffte, zerrte und drapierte ihren winzigen Bikini derart ausdauernd, dass Benny ständig fotografierte. Doch dann tauchte Lolo auf. Ihr Körper glänzte von Sonnenöl. Sie stellte einen Fuß vor den anderen, kippte das Knie einwärts, strich das Haar nach oben, warf den Kopf in den Nacken und verharrte in dieser Pose einer Brigitte Bardot. Benny knipste die Adorata von allen Seiten.

Die Chormädchen lasen einander die Gedichte des armen Benny vor.

›Ich will das Zentimetermaß sein, das sich um deine Brüste ringelt. Das Hemdchen, das über deinen Nabel fällt. Der dehnbare Straps auf deinen Schenkeln. Der

Duftstift in der Kuhle deiner Achseln. Der Zwickel deines Höschens und der duftgetränkte Wattebausch, den du unter die Büsten-Körbchen schiebst.‹

Diese Hymnen belustigten die Mädchen. Sie legten sich an die Sonne und stellten sich das alles vor. Dies beschäftigte sie den ganzen Nachmittag.

Die Bucht ist der einzige Platz, an dem es sich ungestört baden lässt. Vom Friedhof her hat niemand Einblick. Man kann sorglos baden und auf einer Luftmatratze schaukeln, ohne Angst vor den Schrauben der Kursschiffe haben zu müssen.

Auch mein Mann ging dort baden. Einmal habe ich ihn begleitet. Seine Chormädchen stießen einen Vogellaut aus und flatterten mit ihren, auf dem Kopf schaukelnden Strohhüten samt Taschen und Badetüchern in die Nähe. Sie drapierten sich um ihren Leitstern. Und in Windeseile befand ich mich außerhalb dieses Kreises.

Ich packte mein Badezeug und zottelte nach Hause. Es war unser letzter gemeinsamer Badeausflug zur Bucht.

Am Abend berichtete mir mein Mann vom lustigen Nachmittag. Marina hatte sich mit einem Bräunungsmittel eingerieben. Als sie ihr Höschen an einen Haselzweig hing, bemerkten alle, dass ihr Puttenarsch grünlich vom Saft gequetschter Nussschalen war. Er erwähnte auch ein kleines Missgeschick. Gipsy habe sich mit dem Rückenverschluss von ihrem Bikinioberteil abgemüht. Das Mädchen musste die zwei Stofffetzchen vorn an der Brust zusammenhalten, bis er den Verschluss in ihrem Rücken zuhaken konnte.

»Ich habe Gypsy geholfen.«

»Die Freundinnen waren zu unbegabt?«

Es habe keinen Sinn, mir etwas zu erzählen, weil ich alles verdrehe.

Kittys Tagebuch hat sich an diesen langen, hellen Sommertagen gefüllt.

Der Sologesang nimmt viel Platz darin ein. Die Bewunderung des Publikums. Die Auftritte, die passende Kleidung und der Umgang mit Schminkutensilien. Daneben macht sie sich Gedanken über Mundgeruch beim Küssen. Sie ärgert sich übers Unverständnis der Mutter und lässt ihrem Ärger über *»die verdammte Rosy«* freien Lauf.

Doch sie verfasst auch Abschnitte des Glücks und der Freude. Manche Texte strotzen vor Übermut.

Im ›Romantika‹ einen großen Eisbecher mit verschiedenfarbigen Kugeln gegessen. Jede mit einem anderen Aroma.

Sie fiebert Neuem entgegen. Denkt an ihren Auftritt in dieser Welt. Singen wie die Callas, aussehen wie Audrey Hepburn, als Hochglanzbild an einer Litfaßsäule hängen, erleben, wie ihr Künstlername mit jedem Klavierkonzert um einen Zentimeter wächst.

›Entdeckt werden‹ stand zuoberst auf ihrer Liste.

Dann stand da noch:

Vom Organisten offen zur Lieblingsschülerin erklärt werden. Bindestrich Herzchen Bindestrich.
Mit Charly vierhändig auf dem Flügel der Benz spielen.

Und dann vermerkte sie:

Die Frau Organist darf mir nicht die Zukunft versauen!
Andernfalls …
Es werden Zeichen und Wunder geschehen!!!!!

Falls er den Kopf einmal in Kittys Richtung drehte, so notierte sie das im Tagebuch.

Er will mich immer anschauen. Er durchbohrt mich mit einem Diamantblick. Mir wird flau im Bauch.
Dann lächelt er und senkt seine Geparden-Wimpern wie in Zeitlupe. So gefällt er mir am besten.

Sie überlegte, was diese oder jene Geste zu bedeuten hat. Was meint er, wenn er mit hochgezogenen Brauen lächelt? Wenn er die Nase kräuselt oder mit den Wimpern flattert?

Auf der Empore wedelte sie die Freundinnen von der Orgel fort.

»Mein Platz!«

Noch vor Kurzem musste das Mäuschen vom Pfeifenwall heruntergelockt werden, jetzt gab es den Ton als Primadonna an. Weil Sängerinnen sich über die Schulter ihres Pianisten neigen, um die Noten besser zu erkennen, lag Kittys Hand auf Charlys Rücken. Neben ihr stand Gipsy. Sie beugte sich über Kittys Schulter, um zu sehen, welches Lied aufgeschlagen war.

Jedes Mal, wenn Charly den Kopf dreht, um mich anzuschauen, bleckt Gipsy die Lippen wie ein Pavian.

Jede einzelne Probe war ein Kampf. Es herrschte das Gesetz der Schöneren, Stimmgewaltigeren und Mutigeren. Die Solistin durfte sich nie verspäten. Wenn Kitty nicht frühzeitig an der Orgel lehnte, besetzte eine andere diesen Platz. Auch Gipsy, Gitta, Nina, Coco und Marina drängelten.

Wenn ich nicht aufpasse wie ein Luchs,
putzt Gipsy mich fort. Zack!

Lolo alias ›Die Greco‹ hatte den Kampf aufgegeben. Sie verzog sich demonstrativ in eine Ecke. Statt zu singen, lehnte sie mit kreidigem Gesicht an einer Orgelpfeife, den rabenschwarzen Blick auf den Rücken von Kitty geheftet.

Sie hoffte, ihre Abwesenheit falle dem Organisten auf. Sie erwartete, dass er zu ihr kam und sie anflehte, wieder an ihren früheren Platz zurückzukehren. Er tat es nicht. Vermutlich bemerkte er ihre Abwesenheit nicht einmal. Kitty verdeckte ihm die Sicht.

Für den Augenblick war sie diejenige, die auf ein Zeichen des Organisten zur Balustrade schritt. In den Augen unter der Fotzelfranse leuchtete ein Blitz auf. Sie öffnete den gleißenden Mund und sang sich in die Herzen.

23

Die verdorrten Geranien wurden ersetzt. Der Hund des Schiffwarts wurde wegen seiner Schlaufe fotografiert. Kitty sammelte Papierschirmchen. Die Benz spielte mit Charly vierhändig auf dem Flügel. Das Leben in unserem Dorf nahm seinen Gang. Ich habe meinem Mann die Innenflächen meiner Hände gezeigt.

»Ist dieser Sommer in unsere Hand gezeichnet?«

»Nichts ist uns vorgezeichnet.«

Am Sonntagnachmittag servierte ich auf dem Balkon den Mokka. Meinem spärlich gekleideten Mann hing das Geschlecht rosig und zart zwischen die gespreizten Schenkel. Ich plauderte. Charly legte lachend den Kopf zurück und schaute zum Himmel hinauf. Mir schien es wichtig, meinen Mann mit lustigen Geschichten an den Balkon zu fesseln.

Es sei zum Verzweifeln, schrieb Kitty.

Sie hatte keine Ahnung, was es auf unserem Balkon zu lachen und bereden gab und schleuderte von Zeit zu Zeit einen Erdklumpen gegen unser Haus. Sie konnte nicht aufhören, das Mauerwerk zu bombardieren. Die Erdhöcker trockneten im Wind, fielen ab und zerstoben auf den Gartenplatten.

Sie sank erschöpft auf die Knie. Sie notierte, sie habe geweint. *Ein paar Tränen.*

In Wahrheit bot die Kleine ein Bild des Jammers. Sie wurde von Krämpfen geschüttelt und schluchzte. Mit schwarzen Tränenbahnen im Gesicht saß sie den ganzen Nachmittag im Dreck und lutschte am Bündchen ihres Ärmels.

Das Leben besteht nicht nur aus Gesang.

Ihre Mutter gestand, dass diese Sonntage nicht nur für das Kind, sondern auch für sie schrecklich seien. Sie erkenne ihre sonst so ungebärdige, lebensfrohe, gierige und leichtsinnige Kitty nicht wieder. Sie krallt sich im Zimmer in den Vorhang und starrt durch die Tüllmaschen ins Leere. In ein unsägliches Nichts. Das Schlimmste sei, dass sich die Kleine nur ihrem Tagebuch anvertraue. Einem Blatt Papier. Einem Cellulose-Fetzen.

»Dies bricht mir das Herz.«

Mein Mann hatte dem Mädchen einen guten Start versprochen. Aber dazu gehörte nach Meinung von Kitty der Klavierunterricht. Dass er mit ihr Konzerte besucht. Und Hazy auf ihr Timbre aufmerksam macht. Dass er überhaupt öffentlich zu Kitty steht. Und seiner Frau klaren Wein einschenkt.

Ich fand einen Zettel.

Entweder du sagst es der Deinen.
Oder ich sag es ihr! Alles! Das von uns.
Von ›Der Greco‹, von den Solostunden.
Ich bin dreizehn.
Und sehr verzweifelt.

Ich watete weit in den See hinaus.

Doch die Wellen warfen mich nicht um, meine Füße verhedderten sich in keiner Schlingpflanze, und das Wasser zog mich nicht in die Tiefe.

24

Dann kam der Sonntag, den ich nie vergessen werde.

Die Musik meines Mannes und der Gesang der Nachtigall erfüllten die Kirche. Nach dem Hochamt erwartete ich wie immer meinen Mann bei der Treppe zur Empore. Er sammelte noch Notenhefte ein und schlug das Tuch für die Aperofahrt mit Madam um den Hals. Wir stießen zusammen das Portal auf.

Im grellen Sonnenlicht standen zu unserer Überraschung die Chormädchen zum Spalier aufgereiht. Wie bei unserer Hochzeit. Alle mit einer weißen Chrysantheme. Doch sie trugen das Chorsymbol nicht auf der Schulter, sondern auf dem Scheitel. Wir wurden von acht kindlichen Bräuten erwartet.

Die Kirchgänger standen herum. Sie hatten keine Ahnung, was passieren sollte. Wollten die Chorblumen der St. Agatha ihren Organisten ehren? Der Kirchenrat war verunsichert. Auch die Mütter wussten nichts. Sie warteten und lächelten auf die dünnbeinige Garde mit dem Kopfputz herab.

Ich betrat das Spalier. Mein Mann zögerte, seine Brauen waren Fragehäkchen. Nach einem tiefen Atemzug drückte er meine Hand, und wir durchschritten das Spalier.

Kitty war das erste Mädchen in der Reihe. Sie machte einen Knicks, fasste beidseitig an den Rockteller, neigte sich vor und spuckte mir ins Gesicht. Elegant, kalt und treffsicher. Die Kirchgänger raunten.

Ich wich erschrocken zurück.

Dieses Weibsstück hat noch nie so dumm geschaut.

Danach fasste Gipsy an den Rockteller. Und spuckte. Dann Gitta, dann Marina.

Starr vor Entsetzen umklammerte Charly meine Hand. Alle Spaliermädchen bis hinunter zu Lolo starrten geradeaus wie Puppen. Jedes vollführte den Knicks und spuckte.

Er hat die Goldkehlchen ausgebildet. Jedes ließ sich von ihm die Brustmuskulatur auf Singtauglichkeit prüfen. Jetzt standen sie bolzgerade da. Und er war verdammt, seine Ehefrau durch diesen Wall von acht lieblichen, dunkel blickenden Bräuten mit einem zitternden Chrysanthemen-Busch auf der Stirn zu führen.

Und ich war verdammt, mit ihm auf dieser Oktav schöner Stimmen, Stufe um Stufe in die Hölle zu steigen. Dort angekommen, zerrte ich mich von der Hand meines Mannes los und rannte nach Hause.

Ich verkroch mich im Keller, rollte mich zwischen den Gestellen zusammen wie ein verletztes Tier. Charly hat mich gesucht, aber nicht gefunden. Erst am Abend bin ich in unsere Wohnung geschlichen.

Er breitete die Arme aus.

Ich habe mich nicht hineingeflüchtet. Es war mir nicht

möglich. Ich dachte, ich werde in diesen Armen nie wieder Schutz finden. Das Kleid mit der Spucke seiner Chorblumen wurstelte ich zusammen und steckte es in den Abfalleimer.

Der nächste Morgen brach an.

Die Woche ging vorbei. Ich arbeitete, besorgte den Haushalt, sah nachts zur Decke. Keine der Mütter hat sich entschuldigt. Der Pfarrer schwieg.

»Du musst das verstehen!«, meinte Charly. »Es sind Kinder.«

Er fasste seine Meinung über unsere Erdentage in einen Satz:

»... jeder einzelne dieser nichtigen und wichtigen Tage fügt sich zur Blitzzeichnung unseres Erscheinens im All.«

Danach hat er nie wieder über dieses Erlebnis gesprochen. Mein Mann ist in dieser Woche um Jahre gealtert.

Es waren keine Jubeltage, die diesem Sonntag folgten.

Zweifel, Ratlosigkeit und Entsetzen blühten in unserem kleinen Dorf auf wie eine schreckliche Rose. Die Türen standen weit offen für Gerüchte. Wo zwei Personen zusammentrafen, die Hände auf den Mund schlugen und den Kopf schüttelten, da wuchs sich eine Chorprobe zur Orgie aus.

Der Teufel orgelte, und die Engel sangen.

Der Pfarrer schürzte die Lippen, wenn er zu den Pfeifen auf seiner Empore hochschaute.

»Diese Musiker. Am Ende glauben sie, auch das Leben sei eine Komposition. Wer sagt, dass dieses Dorf einen eigenen Organisten braucht? Einen Meister wie Johann Baptist Hilber? Unsere Kinder können ohne Orgelbegleitung singen. Solo. Bei der phantastischen Akustik unseres Gotteshauses.«

In der Fabrik verlor ich kein Wort über meinen Kummer. Ich war ja gewohnt, meine Sorgen ins Wasser zu schreiben, damit die Wellen sie mit sich nehmen und versenken. In der Bäckerei habe ich mich zu einem Lächeln aufgerafft. Ich war wie immer. Eine Gattin mit einer Schraube im Rücken, ruckelnd und lächelnd.

Der Kirchenrat ordnete eine Untersuchung an. Er war es den Gläubigen schuldig.

Charly schaute mich mit traurigen Augen an.

»Dein Studium?«

»Ich werde es abschließen.«

»Dein Meisterwerk?«

»Ich werde es vollenden.«

»Der Dom?«

»Er wartet auf uns.«

Wir standen lange nebeneinander, er atmete in mein Haar. Und ich dachte, er braucht mich. Jetzt braucht er mich. Ich will da sein für ihn. Es wird alles gut.

Morgens bahnte ich mir einen Weg durchs Ried, um niemandem zu begegnen. Der Himmel war tiefblau, die Luft aus Seide, und es duftete nach den Wedeln des Schilfs. Einer dieser göttlichen Tage, der Unglückliche verhöhnt. Mein Brustkorb fühlte sich an, als wäre da eine klaffende Wunde. Der Fußmarsch zur Fabrik war eine Qual. Beim Schilfeinschnitt drehte ich mich zum Balkon. Wie immer.

Dort steht doch Charly! Zum ersten Mal. Sein Blick begleitet mich. Ich hob meine Arme und winkte. Aber es war nur eine Krähe, die sich aufs Geländer gesetzt hatte. Ich jagte wie unter Geißelhieben zur Fabrik.

Vor der Tür habe ich mich gestrafft, durchgeatmet und dann das Lager mit einem Lächeln betreten. Irene mühte sich nicht einmal, den Hintern vom Stuhl zu heben, sondern wies mit dem Zeigefinger den Platz, an den ich meine Lieferscheine hinlegen durfte.

Die Arbeiterinnen musterten mich.

Was erwarteten sie? Meinen Zusammenbruch?

Einige sagten, die Frau Organist täte ihnen leid. Sie könne nichts dafür. Aber es sei halt so. Man könne nichts machen. Diese Frauen waren nicht bösartig oder gehässig. Sie wussten es nicht besser. Auch sie schlugen ihren Kummer zu den unbeglichenen Guthaben ihres Frauenlebens.

Eine aufregende Zeit für die Fabriklerinnen. Sie waren in einen Fall verwickelt und arbeiteten Tür an Tür mit einer Alleinsekretärin, deren Ehemann man bezichtigt, das Liedgut des Dorfs abzugreifen. Er spüre, hieß es, auf den schmächtigen Rippenbögen seiner Chormädchen einem Ton nach, der im Bauch vibriert und sich in der Magengrube zum Seufzer entlädt.

In der Lagerhalle arbeitete man Seite an Seite mit Müttern von betroffenen Mädchen. Im Industriegebiet außerhalb des Dorfs wusste man alles zuerst.

Jemand bestätigte die Vorladung von Lolo.

Sie sei befragt worden. Wer der Verlobte sei? Name? Beruf? Jahrgang?

Es gebe keinen Verlobten.

Man sehe aber den Ring am Finger.

Nur ein Jux-Ring aus dem Kaugummikugelautomaten.

Man möchte den Arzt herbeiziehen. Zur Untersuchung zwischen den Beinen.

Dies werde von der Mutter verwehrt. Sie werde ihr Kind dieser beschämenden Prozedur auf keinen Fall aussetzen.

Ein Onkel habe den Organisten geradeaus gefragt: »Hast du mit meiner Nichte Geschlechtsverkehr gehabt?«

»Nein«, hat dieser versichert. Ohne zu zögern, ohne mit den Wimpern zu flattern. Er sei dem Onkel glaubwürdig erschienen. Der Organist sei bestimmt ein anständiger Kerl. Durch und durch. Es werde aufgebauscht.

Auch Kitty sei befragt worden.

Wie erkläre sie die Flucht zum Pfeifenwall der Orgel? Und die Einladungen ins ›Romantika‹, die vielen Eis-Schirmchen. Solle bitte nicht auf den Goldnägeln herumkauen, sondern antworten. Punkt um Punkt.

Sie habe das Silberkreuz im Ausschnitt ihres Pullovers über die Halskette gerapst und aufgezählt, welche Eissorten sie mag: »Vanille, Pistazie, Erdbeere, Schokolade, Zitrone, Mokka …«

Ob der Chorleiter sie angefasst habe? Wo? Wann? Wie oft?

Er habe sie rauchen gelehrt. Hier die Zündholzschachtel mit der Kippe. Er werde ihr Klavierunterricht geben.

Und weiter?

Kitty habe die Glitzerlippen zusammengepresst und unter dem Stuhl den wackelnden Schuhabsatz kontrolliert.

Damit war das Verhör beendet.

Nichts! Nur Luft und Biswind!
Die Untersuchung verlief im Sand.

Ich habe Charly nie ausgefragt.

Wer fragt, muss die Antwort ertragen können. Was man benennt, bekommt Platz und Gewicht. Dann kann es nie mehr ungeschehen gemacht werden. Es steht unauslöschlich da.

Ich müsste damit umgehen können, ob es mir gefällt oder nicht. Dann ist es meine Geschichte. Diese eine in meinem Leben, die ich nicht vergesse.

Als ich mit Charly und dem Wind um die Wette rannte, versuchte ich noch, die Dinge zu verstehen. Kann sein, dass es im Leben nichts zu verstehen oder gar abzuwenden gibt. Tag legt sich auf Tag. So einfach ist das.

25

Es gab andere Neuigkeiten.

Lolo und Benny waren ein Paar. Ihm gefiel, dass die Adorata eine Vergangenheit hatte. Er ruderte das Boot nicht mehr um den Berg, sondern ließ es vor dem Dorf im See schaukeln. Sie legte den Kopf in den Nacken, wenn sein Mund sich ihr näherte, und so presste er ihn auf ihren Hals. Das Boot war vom Ufer aus zu sehen. Das Paar darin erhob sich, um den Chormädchen an Land zuzuwinken. Das wild schwankende Boot kippte, und die beiden stürzten kopfüber zusammen ins Wasser.

Wir haben uns totgelacht!

Der Besitzer der Fabrik konnte keine Heimarbeit mehr vergeben. Er musste sogar Arbeiterinnen entlassen. Im Dorf machte man sich deswegen Sorgen. Ich überbrachte Irene nur noch schmale Bündel Lieferscheine. Die legte ich schweigend vor die Sitzende. Sie hielt es nicht der Rede wert, mir für die paar Aufträge entgegenzukommen.

Mein Haushaltsbudget war noch knapper als zuvor. Bisher war es mir aber immer gelungen, meinen Lohn so aufzuteilen, dass er bis zum Monatsende reichte. Jetzt musste ich mit Charly reden. Seit er in der Villa verkehrte, trug er weiße Pullover. Ich fand sie zu teuer. Er fand, Seglermode passe gut zu seiner gebräunten Haut. Und es stimmte, sie gab meinem schönen Mann die geschmeidige Eleganz der Leinwandlieblinge. Lachend ließ er zu, dass seine Mädchen ihn im Kreis drehten und nach dem goldenen Yachtzeichen am weichen Pullover griffen. Sechzehn Hände patschten ihn an.

Beim Aufhüpfen verknackste Gipsy sich dabei den Fuß und sank mit einem Schmerzensschrei zu Boden. Mein Mann musste der Wimmernden unter die Schenkel greifen, um sie hochzuheben. Gipsy schlang sofort die Arme um ihn und schmiegte das verzerrte Gesicht an seinen Pullover. Als er sie auf die Orgelbank setzte, klammerte sie sich noch immer an ihn.

Behutsam habe er ihre Arme gelöst.

Das erzählte er mir. Nach all dem was geschehen war, hielt er es für klüger, solche Lappalien der Gattin zu erzählen.

Der Klavierunterricht war noch immer ein Thema. Kitty wünschte sich diesen mehr denn je.

»Meine Frau möchte es nicht«, gab mein Mann zur Antwort. Er schlenderte davon. Doch die Kleine sei ihm bis zum Tor der Villa gefolgt. Er sollte die Benz bitten, für den Unterricht den Flügel benutzen zu dürfen.

Sie habe gebettelt und gefleht.

»Du bist hart geblieben!«

Sie habe das Pfand vorgewiesen, die Kippe in der Zündholzschachtel. Sie habe berichtet, wie sie diese nach langem peinlichen Verhör bei der Polizei vorgezeigt habe: Voilà, eine harmlose Kippe. Weiter kein Körperkontakt. Nichts. Nur ein Lungenzug. Und ein bisschen Rauch. Sie hat sich als Kronzeugin bezeichnet. Als jene, die ihn bei der Polizei aus der Bratpfanne gehauen hat. Sie wollte jetzt diesen Klavierunterricht.

Er hat sich für sie bei der Benz eingesetzt.

Die Kleine wurde ans prachtvolle Instrument im Salon von Madam gelassen und durfte mit Charly, auf dem gesmokten Lederhocker sitzend, vierhändig die Tonleiter üben.

Plötzlich hat Kitty die teuren Schnürstiefelchen getragen. Benny hatte sie ihr nicht gekauft. Auch die Mutter nicht. Wer also?

Kitty gab zur Antwort:

»Eine Dame genießt und schweigt.«

Mir berichtete die Mutter: »Was Kitty im Kopf hat, ist nicht mit einem Fingerschnippen zu löschen.«

Sie sorgte sich. »Wer gibt meinem Kind solche Geschenke? Wofür?«

Die Morgen waren frischer. Das andere Ufer wie mit Tusche in die verwischte Grenze von Himmel und Wasser gepinselt.

Im Dorfladen wählte ich günstigere Ware. Mein Einkaufskorb fiel weniger üppig aus. Die Bäckersfrau packte ihn trotzdem freundlich. Das tröstete mich. Wie jeden Tag stand mein Mann gegen Mittag auf, klatschte Rasierwasser ins Gesicht und richtete vor dem Spiegel seine Seglerkleidung. Ich rannte zur Fabrik und verbarrikadierte mich im Gehäuse der Buchungsmaschine.

Aber sonst war alles wie die Monate zuvor.

Die Chorproben ein rauschendes Fest. Mit Schlussakkord und ›Itsy Bitsy Teenie Weenie Honululu Strandbikini‹. Danach warf Charly den Schal um den Hals. Ein Hauch von Zigarette hüllte die Empore ein.

Kitty hüpfte ins Freie. Sie rannte von der St. Agatha schnurstracks zum Erdwall, stapfte mit den Schnürstiefeln zum höchsten Punkt, spreizte die dünnen Beine, zog die Waffe aus der Tasche und schoss.

Danach hauchte sie über den Lauf wie eine Western-Lady, steckte die Waffe in ihre Tasche. Und schlenderte davon.

Ich war fassungslos.

Ich musste mich am Balkongeländer festhalten. Ich zitterte. Mein Mann kam zehn Minuten später. Ich konnte kaum reden.

»Was für eine Story erzählst du mir da!«

Er glaubte mir kein Wort.

»Du übertreibst wieder maßlos!«

Für ihn war es unvorstellbar, dass die Kleine geschossen hatte. Wie käme sie überhaupt in den Besitz einer Waffe?

»Du bildest dir das ein!«

Ich zeigte ihm die Delle am Balkon. Er untersuchte das Mauerwerk. Es könnte sich ein Stück Putz gelöst haben. Aber der Balkon zeigte keine Risse und keine Blasen. Er fand eine Patronenhülse. Es musste tatsächlich geschossen worden sein. Ein großes Betonstück in der Mauer fehlte.

Er fand, ich hätte Glück gehabt.

»Das Mäuschen!«

Er schüttelte verwundert den Kopf. Aber er war keinen Moment entsetzt. Nur überrascht, dass sein Chormädchen das Liederbuch aus der Hand legt, um seine Frau zu erschießen. So wie es dies im Tagebuch androht.

Ich knalle sie ab.
Von ihrem Balkönchen herunter,
ihrem königlichen
honigtriefenden Drohnenreich.

Er betrachtete dies als Mutprobe oder eine Art Liebesbeweis. Eine viel zu dramatische Geste im jugendlichen Übermut. Er stellte sich das Bild vor.

Seine kleine Kitty mit der Waffe im Anschlag. Eine Einzelkämpferin im Schützengraben ihres Kindersandkastens. Eine dünne süße fotzelfransige Guerillera. Dieser groteske Anblick!

Er lachte laut auf.

Als er mich zittern sah, wischte er das Bild wie eine Spinnwebe aus seinem Blickfeld.

»Das dumme kleine Mädchen.«

Meinen Rücken tätschelnd, beruhigte er mich.

»Ein Fehlschuss! Er hat sich gelöst. Das passiert beim Spielen. Es passiert öfter, als man denkt.«

Er tröstete mich nicht. Er wollte, dass ich mit ihm über diesen Streich lache. Seine Chormädchen sind nicht gewalttätig, sie haben Emotionen. Hingegen unsere Generation, die ist verklemmt. Unsere Generation zählt die Tage der Liebe noch nach der Knaus-Ogino-Methode.

Er küsste mich aufs Haar. Sein Gesicht war eine Sonne.

Zwei Wimperschläge später sah ich ihn auf dem Weg zur Schifflände dahinfedern, beschwingt und heiter. Pünktlich breitete er im Café seine Notenhefte über den Tisch und legte sich auf die Lauer. Als wäre er dazu angehalten.

»Es liegt alles in unserer Hand«, meinte er, wann immer von Willen, Verantwortung und Zukunftsgestaltung die Rede war.

Was lag denn in der Hand meines armen Narren? Er stürzte ins ›Romantika‹ wie ein Verdurstender. Madam schürte sein Verlangen, er musste sie unbedingt sehen.

Er besaß keinen Schlüssel zur Villa. Sie verabredete sich nie mit ihm. Der Zufall entschied. Ihre Laune. Vielleicht winkte sie ihn zu sich. Vielleicht schenkte sie dem Kaffeetrinker keinen einzigen Blick. Es war demütigend für einen Mann, der sie tief verehrte. Madam Benz erhöhte und erniedrigte ihn.

Trotzdem wollte er jeden Abend seines Lebens auf ihrem Flügel spielen, Brahms, da diese Musik ihr gefiel.

Madam war seine Musik.

Madam pflückte seine Sehnsucht aus der Luft.

Sie pflückte, was ich mir vergeblich wünschte. Mit ihr war er trunken von Glück. Wahnsinnig vor Glück. Ohne sie gab es für ihn kein Leben. Die einsame Sirene ließ ihn erzittern.

Das war mehr, als ich ertragen konnte.

Ich ging zu Bett und zog mir die Decke über den Kopf. Doch ich konnte nicht schlafen. Ich wälzte mich im Bett und hoffte, die Hexe dehne ihre Schwimmübung ins Unendliche aus. Oder ersticke an herumwuselnden Vogelfedern.

Nach langem Wachliegen trat ich auf den Balkon.

»Wo ist Charly? Warum bewacht er nicht meinen Schlaf?«

Ich starrte zum Himmel mit seinen unzähligen Sternen und unbegreiflichen Gesetzen.

Die Weite des Alls machte mir Angst.

Obwohl die Nächte noch lau waren, fror ich ein wenig. Das Boot von Madam zischte im Zickzack über die helle Rippe des Mondes. Hob mein Mann dort draußen das Glitzern der Sterne für seine Vielgeliebte aus dem Wasser?

Die Heimkehr wird meinen Musikus nie gequält haben. Es war ihm nie eingefallen, mir seine lange Abwesenheit zu erklären. Zumindest nicht mit mehr Worten, als einem knappen »Da bin ich wieder! Schlaf weiter, mein Schatz!«

Er schenkte mir den Rest der Nacht. Er schenkte mir seine Sonntagnachmittage, seine Versprechungen, seine Luftschlösser. Er umarmte das Kissen. Im Traum zog er meine Hand auf sein Gesicht und atmete in meine Finger. Er dachte an die Vielgeliebte. Ich wurde sentimental, weil mir nie etwas so Wunderbares widerfuhr. Ich krabbelte an seiner Pyjamajacke. Er rührte sich nicht. Neben mir lag ein Toter.

Wir atmeten nicht einmal dieselbe Luft.

Noch vor wenigen Monaten studierten meine Finger seinen Körper und kamen nie an ein Ende. Dieses Glück war ein Gut, das mir zustand. Ohne Wenn und Aber.

Ein Irrtum. Heute weiß ich das. Nichts steht mir zu. Tiefschläge und Höhepunkte stehen mir zu. Ein ganz normales Leben. Schön und jämmerlich zur gleichen Zeit. Ein Knoten fügt sich zum andern. Dies ist das Geschmeide meiner Lebenstage.

Ich nahm mir vor, mit meinem Mann zu reden.

»Wir sind erwachsene Menschen. Unsere Gefühle köcheln auf Sparflamme. Sie verrieseln. Schenk uns einige Takte Zeit! Tanz mit mir diesen schluchzenden Tango!«

Ich beugte mich über ihn und spannte meine Hände um seinen Hals, damit ich das Pochen seines Bluts spüre. Er fuhr schreiend hoch, packte meine Hände und zerquetschte mir fast alle Fingerglieder. Ich konnte nicht einmal wimmern. Geschweige denn reden.

26

An den Spalierbäumen vor den Bauernhäusern höhlten Wespen die reifen Birnen aus. In der Frühe zitterte ein Tropfenbehang am Geländer unseres Balkons. Es roch nach Waldfeuer. Ich will nicht behaupten, dass dieser Duft mich ergriff, weil er mir die Erinnerung an die Lagerfeuer meines Vaters brachte. Oder dass ich gar den Eindruck hatte, dieser Tag bringe ein Geschenk. Doch ich habe einen Hauch von Erregung wahrgenommen. Ich schloss die Augen und atmete tief den Brandgeruch ein. Den Duft vom Herbst in diesem Ort.

Charly kehrte atemlos von der Villa zurück.

Madam sei verschwunden. Fenster und Türen seien verschlossen. Der Taubenkäfig abgedeckt, das Rosa-Automobil fort. Sie musste die Villa noch in der Nacht verlassen haben. Sie habe nicht einmal Charly Bescheid gesagt.

»Ihr wird etwas in den Kopf geschossen sein! Irgendein Furz! Sie ist ja immer auf der Suche nach etwas, das es nicht gibt. Nach etwas Vollkommenem und Einzigartigem.«

Charly schnappte sich Hut und Schal, um vor dem Hochamt die Kirchenrätin Irene zu befragen. Sie war über alles in diesem Dorf auf dem Laufenden. Irene gab an, Madam habe ihre Tauchgänge in den letzten Wochen verlängert. Sie könne jetzt den Atem außerordentlich lange anhalten. Sicher besuche sie eine Tauchschule.

Diese Erklärung leuchtete Charly ein.

»Aber warum sagt sie das nicht?«

Die Perlen an der Spitze der Nylonfäden auf Irenes Hütchen wogten. Er ergriff ihre Hände und fixierte das Rondell wie ein Ertrinkender. War sogar einen Lidschlag lang in Irene verliebt.

Weil nach dem Hochamt kein Rosa-Amerikaner wartete, schleppte sich Charly nach Hause.

Nachdem Charly das Tuch vom Taubenkäfig zog und tote Tauben fand, suchte die Seepolizei die Bucht ab. Doch Madam blieb verschwunden.

Regen jagte geriffelte Schatten über den See. Im Schneidersitz kauerte ich unter meiner Pelerine auf der Spitze des Stegs und schaute auf den rauhen bleigrauen See. Ich war glücklich. Und stellte mir die Vielgeliebte meines Mannes dort draußen vor, wie sie mit den Fischen schwimmt. Ich schickte Gott im Himmel mein Dankgebet.

Mein sensibler Musikus litt. Er aß nicht, schlief nicht, öffnete kein Notenheft. Er verkroch sich auf der Empore in den Manualen und ließ die Arme baumeln. Plötzlich schoss er hoch und rannte zur Bucht. Er suchte im See nach Blasen, schrie durch den Trichter seiner Hände nach ihr, rannte nach einem fahlen, von den Wellen geschaukelten Ding. Und hob es aus dem Wasser. Aber es war nur ein Stück Pappe.

Plötzlich saß Madam am Flügel und spielte Brahms.

Als ob sie nie fort gewesen wäre.

Sie trug den seidenen Morgenmantel mit dem Vogel auf dem Rücken und hatte im Nacken das Haar zu einer Walze eingeschlagen. Sie musizierte. Wie immer. Mit den schönen weichen Bewegungen des dahinwehenden Gefieders eines seidenen Paradiesvogels auf dem Rücken.

Charly war fassungslos.

Er riss die Flügeltür der Villa auf und stampfte mit einem Mokassin-beschuhten Fuß auf den Marmorboden. Er sagte zur Überraschten, er wolle das nicht noch einmal erleben. So zu verschwinden! Sang- und klanglos aus seinem Leben. Er sterbe ohne sie.

Er trommelte wütend auf sie ein, um sie dann vor Erleichterung zu erdrücken.

Sie puffte ihn fort. Im Nacken stupfte sie die Haartolle zurecht und sah ihn mit ihren von Kunstwimpern umrahmten Augen an.

War das ein Vorwurf? Der Anfang vom Ende einer Liebe?

Aber dann warf sie die Arme in die Luft und holte den Rosa-Amerikaner aus der Garage. Im rahmfarbenen Polster glitten sie mit offenem Verdeck und Musik aus dem Dorf. Sie fuhren die ganze Nacht. Ohne Ziel. Nur mit der Gewissheit, zusammen zu sein.

Alles begann von vorn.

Meine Tollkirschen schwammen im Augenwasser. Ich lief zum See. Zeit, Ballast abzuwerfen.

Der Sturm rüttelte am Steg. Die Seile der Boote zerrten an ihren Pfosten. Die Wasserfläche war durchfurcht.

Ich formte ein Rohr mit den Händen und schrie Charlys Namen.

Er verlor seinen Zauber, als der Wind ihn von meinen Lippen nahm. Sein Name war von allem entkernt, was einmal Bedeutung hatte. Ein Laut.

Ging es ihm ebenso?

Er hasste meine Näherei, das Klappern mit Töpfchen im Bad, mein Zurechtklopfen der Bettdecke, wenn er las und ich schlafen wollte. Das Gerenne durchs Treppenhaus. Am meisten verabscheute er, dass ich für jedes Fünfzig-Rappenstück gelobt werden wollte, das ich in die Sparbüchse klirren ließ.

Was hat Charly einmal an mir gemocht?

Vom See kam keine Antwort. Ein Föhnsturm war die Antwort. Er riss Boote los und zerfetzte den Steg.

Auch ihn wollte ich fragen.

»He, du!« Ich stupfte ihn an. Er schreckte aus seinen Gedanken, sah die verlaufene Wimpertusche und das Zittern meines Mundes. Er sprang auf die Füße. Erschreckt von der Gegenwart einer Person, die er in eine Buchungsmaschine eingekapselt wähnte. Es litt ihn keine Minute länger in der Dreizimmerwohnung. Er jagte zum ›Romantika‹. Getrieben von der Angst vor einem verpfuschten Leben.

Wir drifteten auseinander. Wo hätten Charly und ich uns finden können?

27

Als die Einheimischen ihre Scheite für den Kanonenofen spalteten, damit sie es im Winter warm hätten, fiel mir das Tagebuch von Kitty in die Hände.

Ihre Mutter nahm an, dass ihr Kind ein Tagebuch führt, weil so viel Neues auf es einprasselt. Es will sich das Unerklärliche verständlich machen. Und natürlich darf niemand seine verwirrenden Gefühle kennen.

Sie hat sich geirrt. Für Kitty waren es keine unbegreiflichen Gefühle. Und es gab einen Menschen, den sie so sehr verehrte, dass er alles von ihr wissen sollte.

Nichts soll uns trennen.

Doch Charly hat sich geweigert, dieses Konvolut zu lesen. Er wollte sich nicht mit den Gefühlen der Kleinen befassen. Ihre Welt war nicht die seine.

Kitty ist explodiert.

Sie habe ihm eine Szene gemacht. In einem Anflug von Wut und Hoffnungslosigkeit schleuderte sie ihm das Tagebuch an den Kopf.

Nimm mein Herz, wenn du es schon brechen musst!
Die Frau Organist soll das lesen. Sie soll alles erfahren!

Mein Mann nahm den Aufstand gelassen. Er betrachtete Kitty als ein dummes kleines Mädchen mit Schreibtalent und einem Hang zur Dramatik. Doch er wollte nicht noch Öl ins Feuer schütten, darum legte er das Tagebuch zu den Notenheften. Dort hat er es vergessen.

Zettel und Briefe und Tagebuchblätter waren Dinge, denen er nie Bedeutung gegeben hat. Er verschwendete keinen Gedanken daran, dass diese ihn kompromittieren oder gar sein Leben verändern könnten.

Ich blätterte im Tagebuch. Sein Inhalt nagelte mich fest. Über eine Seite erstreckte sich der Namenszug CHARLY. In allen Farben prangte er da. Mit dem ›honey-be pink‹-Lippenstift hatte sie einen Kussmund aufs Papier gedrückt. Sie sammelte die Papierschirmchen aus ihren Eisbechern, um sie einzukleben. Beweise für ihre Begegnungen, Zärtlichkeiten, Verflechtungen.

Ich war mit CHARLY da. Wir zwei.

Ich setzte mich zum Lesen auf den Balkon.

Natürlich hätte mein Mann mir das Tagebuch aus der Hand genommen. Weil ich falsch interpretiere. Weil ich eine wild wuchernde Phantasie habe. Weil ich die übertriebensten Spekulationen so aneinanderreihe, als wären sie eine Verkettung von Ereignissen, die zur Aufdeckung der Wahrheit führt.

»Ein Kind hat einen Roman erfunden. Was ist schon dabei?«, hätte er mir erklärt.

Doch er war nicht da. Und konnte meine Bilder nicht zerpflücken. Er konnte an ihre Stelle auch kein luftiges

Gebilde hinzaubern, als wäre dieses die lautere Wahrheit und das andere eine Spinnerei.

Ich verkroch mich mit dem Tagebuch.

Es gibt niemand vor ihm, niemand nach ihm.
Unsere Liebe wird Rosys Augen öffnen!
Der kleine Wauwau schnappt sich Charlys Hosenbein, wenn er nicht immer Stöckchen wirft. Er muss aber die Lohnempfängerin bei Laune halten!!!
Wenn er Rosy unten im Kirchenschiff bemerkt, geht seiner Orgel die Luft aus.
Madam Benz ist die allerphantastischste Frau auf Erden. Begnadet, begabt, gefragt. Ich bin wie sie.
Aber wahnsinnig verliebt. Am liebsten würde ich CHARLY essen und immer in mir behalten.
Entweder du bist für den Organisten eine Stimme. Oder eine Augenweide. Sonst hast du auf der Empore nichts verloren. Ich bin beides.
Jeden Tag steht die Seinige in einem durchsichtigen meergrünen Nylonhemdchen auf dem Balkon und zeigt dem Dorf ihre Brüste. Wenn sie sich bückt, wallen diese schwer von einer Seite zur andern. Mir wird kotzübel.
Und ich? Viel Watte zum Aufpolstern von zwei ungleich großen Pastillen. Dafür habe ich Herz. Einen Vulkan voll kochender Lava. Charly ist ein Arsch, wenn er das nicht merkt. Ja, ein Arsch, denn sonst ließe er nicht zu, dass sein Wauwau neben ihm mit dem Hintern schwenkend eine Kuhle in die Matratze gräbt.
Mir wird schlecht. Mein wunderbarer Schatz! In Rosys Ausdünstungen! Deren fürchterlichen Geräuschen.
Niemand zählt die Tränen. Mein Kummer sieht nur Gott.

Kitty hielt Charly für den Einzigen.

Einer ist der Einzige.

Jede Geste bezog sie auf sich, und sie notierte jedes Wort, das er zu ihr sagte. Auch was er nicht zu ihr sagte, aber dachte, schrieb sie auf. Sie sah überall Charlys Gesicht. Im See. In den Wolken. In der aufgeschürften Erde. Nachts trat er an ihr Bett im wehenden Seidenmantel. Er hatte den spitzbübischen Ausdruck, den sie so sehr mochte.

So hat er mich noch nie angeschaut.
Wenn er die Hand unter meinen Pullover schiebt,
falle ich zehn Stockwerke tief. Mein größter Wunsch ist,
dass Charly plötzlich einen Ring aus der Tasche zieht und
ihn mir an den Finger steckt. Das Nonplusultra. Es wird
kein Messingring aus dem Kaugummikugelautomaten
sein. Sondern ein Alliance mit lupenreinem Brillanten.

An Tagen ohne Charly malte sie ein dickes schwarzes Kreuz ins Tagebuch. Dieser Tag war für sie gestorben. Da hat sie nicht gelebt.

Am Abend bat ich ihn, das Buch zu lesen. Ich erklärte ihm, dass die Einzelheiten ein Puzzle des Grauens ergeben. Das dumme kleine Mädchen ist eine Frau. Und die will alles. Meinen Platz einnehmen. Nicht mehr. Nicht weniger. Den Apfel schon vor der Reife und die Haifischzähne hineinschlagen. Es geht bei ihr um Tod und Leben. Ohne Pardon! Sie plant einen Volltreffer!

Ich schieße die Balkonkönigin über den Haufen.

Leises Gelächter schüttelte ihn, als er im Schein der Bettlampe das Tagebuch las. Die süße Kitty, köstlich! Das schmalhüftige Mädchen mit den Veilchenaugen, auf dessen Schamhügel noch kaum ein Härchen sprießt.

Ihre Drohung löste bei ihm keine Besorgnis aus. Er nahm das Geschreibsel nicht ernst.

»Die Kleine hat gestalterisches Talent. Nur schon das Verzieren der Großbuchstaben und Einkleben der Papierschirmchen! Aber so viele Eisbecher konnte sie sich unmöglich in ihr Bäuchlein geschlagen haben. Die Kleine misst einen Meter achtundfünfzig, ist flach wie ein Brett, aber wenn sie mit ihren Schnürstiefelchen um die süßen Wadenbeine aufstampft, zittert die Empore. Selbst ich erschrecke. Ihr operettenhaftes Gehabe ist große Klasse. Als schießwütige Guerillera ist sie einfach zum Niederknien! Sie muss nur noch die Waffe an einem Finger im Kreis schleudern lernen. Ein talentiertes Kind. Kitty gehört ans Schauspielhaus.«

28

Das Studium nahm ihn nicht so sehr in Anspruch, wie ich geglaubt hatte. Seine Dauer war unbestimmt. Charly wusste es nicht. Er machte sich keine Sorgen wegen des Diploms. Er hatte ja diese kleine Kirchengemeinde. Und sein Ruf war wieder hergestellt.

»Im Leben verläuft nichts nach Plan, Rosy.«

»Ach Charly!«

Ich warf mich über meinen Abwasch und weinte.

Als ich in dieses Dorf kam, hielt ich es als den ersten Punkt auf unserem Weg zum Ziel. Wir hatten die Füße im Startpflock. Er wollte so rasch als möglich seinen Abschluss machen und sich um eine gutbezahlte Stelle bewerben.

Aber jetzt? Was macht mein Genie? Eskapaden!

»Besuchst du Madam?«, fragte ich Charly, ehe ich zur Arbeit ging.

»Vielleicht«, gab er zur Antwort. Oder: »Madam ist nicht da.«

Ich war mir über alles im Klaren.

Wenn Charly seine Arme von der Vielgeliebten löst, um nach Hause zu eilen, dann stirbt er schon auf dem Weg vor Sehnsucht nach ihr. Ich bin die Frau im Nebenbett. Die Falsche an seiner Seite. Sie ist die Andere. Die Richtige.

Einmal fragte ich: »Warum bleibst du nicht in der Villa?«

Er hat mich lange angeschaut, geseufzt und sich abrupt fortgedreht. Da wusste ich: Er hat keine Wahl. Er kehrt zu mir zurück, weil Madam ihn nicht in ihrer Villa haben will. Mein Mann ist ein armer Hund!

Ich ahnte, dass er seine Vielgeliebte angefleht hat, bei ihr bleiben zu dürfen. Er machte großes Kino. Flatterte mit den Wimpern, ließ den Kopf hängen, verdrehte die Augen wie ein geprügelter Hund, strich verzweifelt über die Klaviatur und begann, eine herzergreifende Melodie zu spielen. Und wenn sie dann sein Haar streichelte, kräuselte er die Nase.

Mein Mann hat Talent. Und er nutzt dieses Talent.

Von der Ehefrau war bestimmt in keinem Moment die Rede. Er war viel zu beschäftigt, seine Vielgeliebte gnädig zu stimmen und ihr schöne Sätze ins Hirn zu brennen.

Er will nurmehr für sie allein musizieren.

Nur für sie komponieren.

Ihr sein Meisterwerk widmen.

Sie verewigen.

Sie soll einschlafen und erwachen zu seiner Musik.

Ihr Herz soll nur nach seinem Takt schlagen.

Er sei es leid, in diesem Dorf den orgelnden Trottel zu spielen. Da es nun in seinem Leben die Eine gebe. Seine Muse.

Er unterstrich dies alles mit einem Potpourri aus Menuetten, Romanzen, Polonaisen und rasanten Flamencos. Vielleicht stampfte der liebeswahnsinnige Musiker wie ein Torero mit einer Rose quer im Mund um die Benz herum.

Allen Bemühungen zum Trotz hat sie kein Jawort gehaucht. Sie wird ein wenig mit der Hand gewedelt haben:

»Was ist mit meinen Vögeln?

Was ist mit meinen Fischen?«

Der Lärm seiner Musik vertreibt ihre wunderbaren Geschöpfe.

Blitzideen der Buchhalterin.

Ja, ich übertrieb. Ich quälte Charly. Ich war verzweifelt. Ich war eifersüchtig. Jung, unerfahren und impulsiv. Madam Benz ließ mich leiden. Ich sah in ihr eine Hexe. Und das Verzaubern von Menschen gehört zum Repertoire von Hexen. Sie schlürfen Männer wie Austern. Sie wecken Gefühle, bauen ein Paradies für sie. Und wenn ihnen darnach ist, lassen sie dieses zusammenstürzen. Von einer auf die andere Minute. Ohne Pardon. Sie ziehen sich aus der Affäre. Und lassen den Liebenden leiden wie einen Wurm. Wenn die arme Kreatur wieder Kraft schöpft und sich bettelnd der flötenden Furie nähert, beginnt die Geschichte von vorn. Er wird immer willenloser und abhängiger. Am Ende dient er nicht einmal mehr als Putzlappen.

»Rosy, du bist verrückt!!«

Ob ich alles kaputtschlagen müsse? Jedes Gefühl zwischen uns?

Er gab Kitty das Tagebuch zurück.

Seine Frau habe es gelesen. Sich über die Wunschträume mokiert, und es gab einen kleinen Streit.

War es das, was Kitty wollte? Streit provozieren?

Im Übrigen gebe es im Tagebuch einige Schreibfehler. Und Kitty habe viele Sachen erfunden. Phantasie sei eine wunderbare Gabe. Aber wenn ihr Buch in falsche Hände gerät, kann sie sich nicht mehr bei der Polizei herausreden.

Ich besuchte nie mehr das Hochamt, denn ich wollte nicht noch einmal Spießruten laufen. Während der Messe stand die Tür offen. Es besuchten so viele Leute die St. Agatha, um die ›Schöne Stimme‹ zu hören, dass es in der Kirche keinen Platz mehr gab. Der Sakristan hatte einen Lautsprecher am Turm befestigt, sodass man auch auf dem Friedhof den Gesang vernahm.

Ich schlenderte an den Gräbern vorbei. Ich finde, dass die Lebenden den Toten einige Minuten von ihrer Zeit schulden. Ich las die Grabinschriften und überlegte, was es für einen Menschen bedeutet, zu erlöschen mit all seinen Gefühlen, Talenten, Sinnen und Erinnerungen. Jeder Tote hatte Träume, Hoffnungen, vielfältige Möglichkeiten, aber auch Grenzen. Und jeder hat einmal eine Liebe erlebt, sie verloren und darüber getrauert. Auch Charly und ich tanzten aufeinander zu, drehten uns vorbei und entfernten uns voneinander.

Ich habe das Dorf angeschaut, den See, die Berge, den Himmel und die Villa der Benz. Diese ganze Pracht samt unseren Verstrickungen.

Auch ich konnte morgen schon unter den Toten sein. Erschossen von einem Kind, das gerade im Gotteshaus hinter meinem orgelnden Mann stand. Und tremolierte. Und ihm beim Wenden des Notenblatts die gepanzerten

Brustspitzen zwischen die Rippen stach.
Tief in sein einfältiges Herz.

Nach der Messe ließ die Kleine sich feiern.

Sie setzte eine Sonnenbrille auf, deren Schmetterlingsgläser ihre Schläfen überragten. Die Mutter mischte sich unter die Gratulierenden. Sie war sehr stolz, denn allmählich verwandelte sich ihr launisches Töchterchen in eine selbstbewusste junge Frau.

Sie könne schon kleine Musikstücke spielen. Ihre zehn Finger hüpfen über die Tasten und kreuzen die Hände ihres Klavierlehrers.

Die Mutter umarmte das Glück.

29

Die Kleine hatte die Waffe immer in der Tasche.

Damit kletterte sie auf den Wall.

Schon am frühen Morgen, wenn Charly im offenen Morgenrock die erste Zigarette auf dem Balkon rauchte. Auch Kitty zündete sich dann ihre erste Zigarette an. Es gab für sie nichts Verbindenderes, als miteinander rauchend den Tag zu beginnen. Nachts erwartete sie das Aufflammen des Streichholzes. Sie rauchten zusammen die letzte Zigarette. Wenn der glühende Punkt erlosch, verließ Kitty den Wall und ging zu Bett.

In unserer Fabrik wussten alle Arbeiterinnen, dass mein Mann fast jeden Tag im hell erleuchteten Salon der Villa vierhändig mit Madam auf dem Flügel spielt.

Irene machte sich dazu ihre eigenen Gedanken. Es gebe Vor- und Nachteile. Fürs Studium sei es ein Nachteil, da der Abschluss meines Mannes sich von Semester zu Semester verzögere. Es bedeute, dass ich meinem Göttergatten wohl noch sehr lange den Steigbügel halten müsse. Falls wieder Heimarbeit anfallen sollte, würde ich den Arbeiterinnen eine Menge Musterpakete wegschnappen. Hingegen sei es für die Kirchengemeinde von Vorteil, wenn die musikpädagogische Ausbildung noch lange dauert und der Organist seine musischen Fähigkeiten dem Chor zur Verfügung stellt.

Sie spreche mit meinem Mann, versprach Irene.

»Ich nehme ihn mir zur Brust.«

Irene zwinkerte. Ich wollte das nicht. Doch sie schüttelte das Blust-Rondell über dem Ohr.

Was will sie von meinem Mann?, habe ich mich gefragt. Sich Klarheit über unsere Ehe verschaffen? Auskunft über sein Verhältnis zu den Chormädchen und der Fisch-und-Vogelmadam? Will sie seine Einstellung zu einer ›richtigen Frau‹ kennenlernen?

Was erhofft sich eine Frau, die sich ein keckes Blust-Hütchen auf den Kopf setzt, während schon das Herbstlaub durch ihr Herz torkelt?

30

Die Glut des Sommers war nur noch Erinnerung. Es goss in Strömen. Wind peitschte die Schilfwedel. Der Gürtel an beiden Seiten des Wegs wogte. Bei jeder Berührung schmetterte sich ein Tropfenschwall aus den aufgefächerten Pinseln. Kitty taumelte auf dem Uferweg durch die Böen. Sie kam von der Kirche. Am Nachmittag hatte ein Sologespräch auf dem Programm gestanden. Triefende Haarstränge schlenkerten um ihr Gesicht, und ihre Augen waren aufgerissen, so als hätte sie auf der Orgelbank eine Art von Musik kennengelernt, deren Wohlklang verwirrend neu für sie war. Eine Art Wunder, das sie erst jetzt an der frischen Luft zu begreifen begann.

Ich habe mich auf die Stegspitze gestellt und mit dem Wind geschrien. Ich konnte dieses Dorf nicht mehr ausstehen.

Zeit, es zu verlassen.

Zu Hause lehnte ich die Stirn ans Fenster. Der Regen prallte an die Scheibe, und die Tropfen glitten im Zickzack daran herab. Jedes Hindernis gab ihnen einen Drall in eine andere Richtung.

So ist das Leben, Rosy! Ein Irrlauf!

Ein perlender Lauf übers Orgelmanual genügt, damit das Schicksal einen Haken schlägt.

Ein zufälliges Streifen der Mädchenbrust: wieder ein Haken.

Ein klärendes Wort – ›Er liebt eine andere‹: ein neuer Haken.

Es genügt ein Nichts, um aus dem Takt zu fallen.

Wenn immer möglich, bin ich Charlys Chorschülerinnen ausgewichen. Doch Kitty kannte meinen Umweg durchs Ried. Es gab in diesem Ort keine Möglichkeit, jemandem nicht zu begegnen. Sie wusste, zu welcher Zeit ich eine unübersichtliche Passage durchquere und wartete im Hinterhalt. Sobald ich um die Ecke bog, rannte sie los, um von der Gegenseite auf mich zuzumarschieren. Sie führte mit weit ausholender Geste eine Zigarette zum Mund und sog mit hohlen Wangen den Rauch ein. Sie hoffte wohl, das gebe ihr ein martialisches Aussehen. Sie schaute mir in die Augen und stakste mit harten Schritten zickezacke auf mich zu, als wäre ich Luft zum Hindurchschreiten. Um eine Kollision zu vermeiden, musste ich ins Gebüsch ausweichen. Ich tat dies mit einem empörten, knappen Schrei.

Im Frühling hatte sie noch mit der Barbie gespielt. Unbemerkt und zufrieden. Im Sommer tanzte sie mit einer anmutigen Pirouette im Tellerrock ins Licht unserer Bühne. Und jetzt versperrte sie mir mit Schnürstiefeln den Weg.

»Deine Solosängerin verfolgt mich, Charly.«

»Das bildest du dir ein!«

»Kitty stellt sogar die Capricen der Benz in den Schatten.«

An Tagen, da mein Mann an der Musikhochschule war oder mit Madam im Amerikaner unterwegs, da langweilte sich Kitty. Sie ließ unser Telefon klingeln. Dies passierte auch nachts.

»Wo ist er?«

Ich vernahm ein Stampfen. Kitty hämmerte wohl die Fersen auf den Boden. Sie schrie und zeterte und verlangte, dass ich ihn sofort ans Telefon hole. Sie schluchzte und legte das Telefon auf. Es klingelte erneut. Wieder und wieder.

Ich erstickte das Läuten mit dem Kissen und stellte mir vor, wie sie im Nachthemd mit angezogenen Knien an der Wand kauert, ein winziges, frierendes Bündel, das gierig die schläfrige, erschrockene Stimme von Charlys Frau aus dem Hörer saugt. Am liebsten wäre sie wohl als Mäuschen durch unsere Wohnung spaziert, hätte alles in die Tätzchen genommen, die Mokassins mit der Perlenschnur, den Taktstock von Charly, seinen Rasierflakon, und danach hätte es die Nase in sein Kopfkissen gedrückt, um seinen leichten Schweiß- und Zigarettenduft einzuatmen. Für sie war ich die Hexe.

Mein Tod erschien ihr als Lösung all ihrer Probleme. Und ein natürlicher Tod kam ja leider nicht infrage, weil die Frau Organist sich auf dem Balkon nie zu weit vorlehnte.

Sie ging nirgendwohin ohne Waffe.

Charly bat Kitty, dem Erdwall und der Villa Benz fernzubleiben. Sie soll nicht durch seine Frau hindurchmarschieren. Sie nicht anrufen. Und vor allem soll sie ihm nicht zur Villa Benz folgen. Dort nicht auf ihn warten, plötzlich aus der Dunkelheit schießen und drei Schritte hinter ihm hergehen. Schluss auch damit, Zettel in seine Taschen zu stecken. Und zum Balkon hinaufzusingen: ›Ich bin ja nur aus lauter Libbe zu dir ...‹

Und mich bat Charly, endlich Ruhe zu geben. Aufzuhören mit dem Blödsinn.

»Rosy, Schluss jetzt, ich hab's der Kleinen gesagt. Und nun will ich nichts mehr hören!«

Ihm genügte mein Achselzucken.

Ihm genügte, dass ich ihm das Essen auf den Tisch stellte, die Rechnungen bezahlte und unseren Haushalt ordentlich führte.

Er war selten zu Hause.

Im Fenster des ›Romantika‹ betrachtete er seinen von Brustwarzen durchstochenen Kamelhaarpullover und richtete die Panzerkette im Gekräusel seines Brusthaars. Sie war ein Geschenk von Madam.

Sie machte ihm teure Geschenke. Ich konnte, trotz unzähligen mit Heimarbeit verbrachten Nächten, nicht einmal das Geld für ein Fahrrad zusammenkratzen. Madam kostete es nur einen Anruf, um Kisten voll Trauben, Feinkost und Champagner mit einem Schnellboot zu ihrer Anlagestelle schaffen zu lassen. Das Schmuckstück war für sie eine Lappalie.

Ich verabscheute die schwere Goldkette.

Während meine Buchungsmaschine rumpelte, auf dem Heimweg, beim Auswringen seines Pullovers und beim Abwasch: Immer sah ich Madam den Verschluss der Panzerkette um seinen Hals schließen.

Sie kauft sich ihn, dachte ich.

Ich versuchte mich in eine Frau hineinzudenken, die sich einen smarten Jüngling kauft. Sie war schön. Sie musste immer eine Schönheit gewesen sein, der die Verehrer zu Füßen lagen. Jetzt war sie nicht mehr taufrisch. Sie war intelligent. Ihre Klarsicht sagte ihr, wann von Leidenschaft keine Rede mehr sein konnte. Am Tag X arbeiten sich die Jünglinge nur noch an mir ab. Gestern war gestern, heute ist heute. Nun ist Zuwendung eine Frage des Geldes. Zärtlichkeit ist eine Dienstleistung. Und diese hat ihren Preis.

Ich schämte mich für Charly.

»Für Madam ist die Liebe eine münzbetriebene Waschmaschine. Warum vermittelt sie dich nicht an einen Dom?«

Mein Mann schob mich eine Armlänge vor sich hin. Er schüttelte den Kopf. Enttäuscht, weil ich ihn so wenig kenne.

»Aber sie kennt dich? Sie, die nicht die leiseste Ahnung hat, was du empfindest.«

Er lächelte.

Er tat mir leid. Seine Vielgeliebte war meilenweit davon entfernt, ihn zu verstehen. Sie begriff kein einziges Fitzelchen von ihm. Vor einem halben Jahr kannte er nicht einmal ihren Namen. Jetzt war sie seine Religion und sein Himmelreich.

Unerbittlich rieselte die Sanduhr.

Er liebt mich wahnsinnig!

An dem Morgen, als Kitty diesen Satz dem Tagebuch anvertraute, ertränkte der Himmel sein Grau im See. Am

Mittag begann es zu regnen. Das Wasser war von schaumigen Bändern durchpflügt. Mit jedem Windstoß peitschte eine Welle über den Steg.

Als das Mädchen gegen Abend auftauchte, hing die neue Fahne an ihrem Mast in Fetzen. Trotz des Winds war das Geklapper ihrer Fadenspulabsätze zu hören.

Ich sah das tropfnasse Mädchen und begriff: Es wartet auf Charly. Trotz des Sturms. Es erkältet sich. Aber nichts kann es aufhalten. Es wartet auf den Gongschlag des Lebens. Es gibt Handlungen, die man herbeiführen muss. Es gibt Gefühle, die man zulassen muss.

Heute werden Nägel mit Köpfen gemacht.
Heute spricht mein Einziger Klartext mit Rosy.
Es ist so und so. Punkt. Trennstrich zwischen uns.
Mein Mäuschen wartet.

Kitty machte es sich auf der nassen Bank der Schifflände bequem. Sie vermutete wohl, dass dieses Gespräch zwischen meinem Mann und mir dauert.

Rosy hat ein Mundwerk. Vielleicht lässt sie ihre Tränen laufen. Bekommt womöglich einen Kollaps. Sinkt um. Gibt vor zu sterben. Und der arme Charly muss sich um das Aas kümmern. Er ist ja so feinfühlig. Ein Musiker. Kein Vieh. Ich könnte niemals einen stiernackigen Boxer mit breit geschlagener Nase und Lücken zwischen den Zähnen lieben. Ich will nur Charly. Ich will ihn so, wie er ist. Gescheit, zärtlich, verinnerlicht. Wenn er jetzt keinen Schlussstrich zieht, putze ich die Hexe eigenhändig weg. Morgen bin ich die glücklichste Frau der Welt.

Kitty kannte das Leben noch nicht einmal aus dem Kino. Nur von den farbigen Filmplakaten an der Dampfschiffstation des hintersten und letzten Kaffs.

Es gab kein Gespräch.

»Alles in Butter?«, fragte mich Charly, und ich nickte. Er schlüpfte in seine Mokassins. Diese Schuhe trug er nicht nur, um die Fußpedale der Orgel von St. Agatha zu treten. Er bewegte sich darin lautlos durch die Dunkelheit.

Ich fragte nichts. Ich wusste ja, dass eine Chorblume auf ihn wartete. Aber dann bemerkte ich, dass er durch den Friedhof eilte. Er wollte nicht von Kitty gesehen werden. Er war auf dem Weg zur Vielgeliebten. Und es würde eine lange Nacht werden.

Ich habe eine Weile geweint, mir dann ein Glas Wein eingeschenkt. Danach holte ich meinen Koffer aus dem Keller und begann zu packen.

Plötzlich tauchte Kitty auf dem Erdwall auf. Sie verankerte die gespreizten Schnürstiefel im Schlick. Regenwasser sammelte sich im Rockteller. Das Haar hing ihr in Zotteln ums Gesicht.

Sie richtete die Waffe auf mich.

Jetzt nimmt sie sich meinen Mann, dachte ich. Nimmt ihn sich. Mit knackendem Haifischgebiss.

Sie schrie seinen Namen. Dreimal, zehnmal CHARLY. Als habe sie beschlossen, diesen Namen ein Leben lang zu rufen.

Auch ich schrie durchs Rohr meiner Hände.

»Du zielst auf die Falsche. Er ist bei Madam. Die mit den Fischen schwimmt und mit den Tauben tanzt. Sie ist seine Vielgeliebte.«

Der Arm des Mädchens begann zu zittern. Es senkte die Waffe. Kitty verstand. Diese Kugel wäre Verschwendung. Madam ist die Schuldige. Sie steht dem Glück im Weg.

Mich überraschte, wie ruhig sie es nahm. Wie gefasst. Wie entschlossen sie handelte.

Sie steckte die Waffe in die Umhängetasche. Zurrte den Dorn des Gürtels aufs engste Loch, knotete das Indianerband neu und kämmte über jede Wange einen Mähnenstrang, sodass vom Gesicht nur noch der rosageschminkte Mund zu sehen war.

Dann klapperten die Fadenspulen Richtung Bucht.

Dort hat Kitty ihr nasses Gesicht durchs Gittertor gezwängt und sich an den Eisenspießen festgeklammert.

Welcher Anblick hat sich ihr geboten? Derselbe, der sich auch mir Aberdutzende Male geboten hatte.

Die hell erleuchtete Villa. Charly im Salon am Konzertflügel. Er spielt wie ein Gott. Geräuschlos baumelt die Panzerkette über den Tasten.

Auf dem Tisch blüht ein gigantischer Blumenstrauß. Im Champagnerkübel lehnt eine Flasche, und eine Serviette hängt über deren Hals. Auf dem Tablett stehen delikate Brötchen bereit.

Und natürlich: Madam.

Sie sitzt mit übergeschlagenen Beinen in einem tiefen Sessel. Trägt den Seidenmantel mit dem Paradiesvogel, hält in der einen Hand ihren Kelch, in der anderen das goldene Mundstück der Zigarette. Aus dem Rund von ihrem Mund schlängelt sich Rauch. Sie lässt kein Auge von ihrem Lover.

Das Mädchen begreift, dass er auf dem Grund von Madams Augen musiziert.

Der Mann seines Lebens.

Und Kitty, die ihn über alles liebt, ist ausgesperrt vom musikerfüllten Paradies.

Drinnen fliegen die Pianistenhände über die Tasten. Während er spielt, lässt er den Blick zum See schweifen.

Und dort entdeckt er plötzlich seine Chorschülerin am Gitter. Er verständigt Madam mit einer Andeutung des Kopfs. Sie löst ihre übereinandergeschlagenen Beine und wiegt zum Fenster. Der offene Seidenmantel baumelt an den Warzen ihrer Brüste und gibt beim Gehen das dunkle Flies zwischen den Beinen frei. Den Vorhang hinter sich herziehend, schreitet sie an der Glasscheibe entlang. Die Halle zeigt sich dem Mädchen nun durch das dämpfende Licht einer Gaze.

Madam wirft den Seidenmantel ab, streift das Haar hinter die Ohren, windet es zum Strang und befestigt diesen auf dem Scheitel. So bleibt sie stehen. In seinem Blick. Nackt, bronzen, die Arme erhoben und das Haar mit raschen Windungen um die Finger zum Knoten schlingend.

Sie setzt sich auf die Lederbank zu Charly.

Dann spielen sie zusammen mit sich kreuzenden Armen. Ohne mit den Schultern aus dem Schwung des Takts zu fallen, küsst er ihren Nacken, während sie mit ihren beringten Fingern über die Tastatur gleitet, an seinen Brustnippeln und der Panzerkette vorbei, bis zu den untersten Bässen.

Er deutet zum See.

»Nur ein dummes kleines Mädchen!«

Wie muss man sich Kittys Sturz ins Bodenlose vorstellen?

Sie überklettert das Gitter. Mit der Waffe in der Hand rennt sie in langen Sätzen durch den Garten bis zum Fenster der Säulenhalle. Mit den Absätzen ihrer Schnürstiefelchen voran, bricht sie schreiend durchs Panoramafenster. Mitten ins Konzert.

Eingebettet in Scherben sei die Kleine über den Marmorboden zum Flügel geschlittert. Das Klirren und Splittern von Glas sei bis zur Schifflände zu hören gewesen.

Man vernahm auch Madams Schrei, die beim Anblick des Mädchens einen Champagnerkelch in ihrer Hand zerbrach.

Danach sei es still gewesen.

Erschreckend und unwirklich. Als wäre ein Film gerissen. Irgendwann, nach Minuten oder Stunden, kam wieder Bewegung in die Villa. Ins Dorf.

Ein Blaulichtwagen sauste mit aufgedrehter Sirene um die felsigen Kurven. Die Sanitäter zertraten die Scherben zu Splittern. Madam war schon verarztet. Um ihre blutende Hand war eine Serviette gebunden. Und sie nippte wieder am Glas.

Das blutüberströmte, bewusstlose Mädchen zog man unter dem Steinway-Flügel hervor. Seine Finger waren in die Hosenbeine des Pianospielers gekrallt. Man musste diese beinah brechen, um es lösen und auf die Bahre betten zu können. Es lebte noch.

Als alle die Villa verlassen hatten, verriegelte Madam die Tür. Mein Mann begleitete Kitty im Krankenwagen zum Spital. Er nahm die Waffe an sich, damit sie nicht in falsche Hände käme. Kitty starb noch auf dem Weg ins Spital. Die Augen offen. Ihr Gesicht: ein einziges Staunen.

An jenem Sonntag enden die Aufzeichnungen. Die Mutter von Kitty hat mir das Tagebuch übergeben. Es gibt noch unbeschriebene Seiten. Der Anblick all dieser unerfüllten Zeit, sei für sie unerträglich. Sich diesen letzten Sommer ihres Kindes vor Augen zu führen, ohne es in die Arme schließen zu können, zerreiße ihr Herz.

Wenn ich darin blättere, ihre Zeichnungen sehe, die eingeklebten Schirmchen und die rabenschwarz angekreuzten Tage, von denen es viel zu viele gibt, wird mir von Neuem bewusst, wie sehr sie damals meinetwegen und natürlich auch wegen Charly gelitten hat.

Dieses Leid rechtfertigt die Maßlosigkeit von Kitty.

Mich trifft eine Schuld, die vom Wasser dieses Sees niemals reinzuwaschen sein wird. Nur die Glückstage von Kitty, in denen sie als die ›Schöne Stimme des Dorfs‹ gefeiert worden ist, lassen mich gern an jenen Sommer zurückdenken.

Nachtrag

Das ganze Dorf nahm Anteil am Unfalltod von Kitty, die aus unerfindlichem Grund durchs Panoramafenster der Villa Benz gefallen war. Die Chormädchen sangen und schluchzten. Irene stand dem Organisten bei. Er spielte das Requiem unter Tränen. Sie begleitete ihn auch zum Friedhof. Gemeinsam warfen sie eine Blume ins offene Grab. Sie klaubte das Taschentuch aus dem Ärmel, tupfte es gegen den entzündeten Lidrand, schniefte, stopfte es wieder in den Ärmel. Und er lächelte aufs Blust-Hütchen hinab. Danach verließen sie den Friedhof Arm in Arm.

Madam verschwand. Kein Wort zu Charly. Keine Andeutung. Nichts. Sie hatte doch alles. Sie hatte IHN. Dabei ist sie nie in seinen Augen ertrunken. So wie Kitty. Wie ich.

Ein Werftangestellter beobachtete sie beim Tauchen. Danach hat niemand sie je wiedergesehen. Bis heute ist sie nicht zurückgekehrt. Vielleicht hat sie ja im See das Schlupfloch zur Wasserwelt gefunden.

Auch ich habe Charly verlassen.

Das Leben geht weiter.

Die zarten schönen Stimmen erfreuen das Dorf. Und Irene ist Charly ein Trost. Sie wohnt jetzt bei ihm. Am Sonntag genießen die beiden den Blick vom Balkon zum

Erdwall und zum See. Das Studium hat er noch nicht beendet, und er geht pünktlich zum ›Romantika‹. Dort hat er seinen Tisch, es gibt seine Zigaretten und den besten Kaffee. Da findet er die Atmosphäre zum Vervollkommnen seines Meisterwerks und er hat da auch die Chorschülerinnen und die Villa im Blick.

Jetzt will ich die Geschichte vom Sommer der schönen Gesänge und bunten Farben in den See schreiben. Mich dann auf die Fersen zurücksetzen und zusehen, wie meine Worte die Wasserfläche aufwühlen und auf den Grund sinken. Warten, bis die Wellen sich glätten und der See mir seinen schimmernden Spiegel darbietet. Ein unbeschriebenes Blatt. Nur für mich. Nur für das neu in mir Erwachende.

MARGRIT SCHRIBER

bereits erschienen:

Glänzende Aussichten

Das zweitbeste Glück

Die hässlichste Frau der Welt

Die falsche Herrin

Das Lachen der Hexe

sowie weitere Bücher der Autorin
finden Sie unter

www.nagel-kimche.ch

NAGEL & KIMCHE